宮沢賢治童話集

風の又三郎

宮沢賢治・作

岩崎美奈子・絵

角川つばさ文庫

目次

風の又三郎 ―― 5

祭の晩 ―― 91

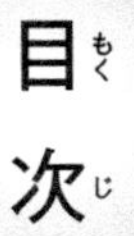

北守将軍と三人兄弟の医者 103
貝の火 133
虔十公園林 173

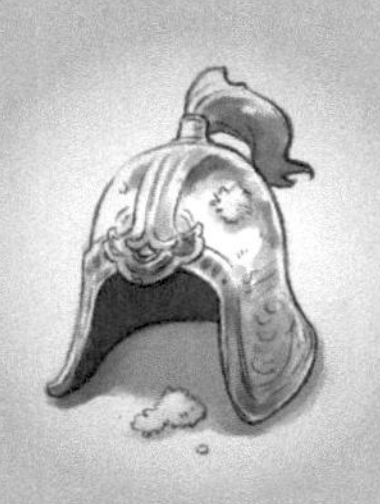

この作品は、筑摩書房より刊行された『新校本　宮澤賢治全集』（1995年5月〜）を底本にした角川文庫『銀河鉄道の夜』『セロ弾きのゴーシュ』『ビジテリアン大祭』をもとに、現代かなづかい、現代表記にあらためため、漢字にふりがなをふり、一部漢字をひらがなにし、あるていど用字を統一、また、読点と改行をふやしました。

なお、本文中に、現代の見地からは差別的と考えられる表現がありますが、時代的背景と作品価値を考えあわせ、原本のままとしました。

風の又三郎

九月一日

どっどど　どどうど　どどうど　どどう、
青いくるみも吹きとばせ
すっぱいかりんも吹きとばせ
どっどど　どどうど　どどうど　どどう

谷川の岸に小さな学校がありました。

教室はたった一つでしたが、生徒は三年生がないだけで、あとは一年から六年までみんなありました。

運動場もテニスコートのくらいでしたが、すぐうしろは栗の木のあるきれいな草の山でしたし、運動場のすみにはごぼごぼつめたい水を噴く岩穴もあったのです。

さわやかな九月一日の朝でした。青ぞらで風がどうと鳴り、日光は運動場いっぱいでした。
黒い雪袴をはいた二人の一年生の子が、どてをまわって運動場にはいってきて、まだほかにだれも来ていないのを見て、「ほう、おら一等だぞ。一等だぞ（ほら、おれ一番だぞ。一番だぞ）。」とかわるがわるさけびながら、大よろこびで門をはいってきたのでしたが、ちょっと教室の中を見ますと、二人ともまるでびっくりして棒立ちになり、それから顔を見合わせてぶるぶるふるえました。ひとりはとうとう泣きだしてしまいました。というわけは、そのしんとした朝の教室のなかに、どこから来たのか、まるで顔もしらないおかしな赤い髪の子供がひとり、いちばん前の机にちゃんと座っていたのです。そしてその机といったら、まったくこの泣いた子の自分の机だったのです。

もうひとりの子も、もう半分泣きかけていましたが、それでも無理やり目をりんと張って、そっちのほうをにらめていましたら、ちょうどそのとき、川上から、「ちょうはあかぐり　ちょうはあかぐり（かけごえのようなもの。子どもたちの中に「長八ぶどう売り」というあだ名の生徒がいたという説もある。）。」と高くさけぶ声がして、それからまるで大きなからすのように、嘉助がかばんをかかえて、わらって運動場へかけてきました。と思ったらすぐそのあとから、佐太郎だの耕助だの、どやどやってきました。

「なして泣いでら、うなかもたのが（なぜ泣いているの、おまえがいじめたのか）。」

嘉助が泣かない子どもの肩をつかまえて言いました。するとその子もわあと泣いてしまいました。おかしいとおもってみんながあたりを見ると、教室の中にあの赤毛のおかしな子がすまして、しゃんと座っているのが目につきました。

みんなはしんとなってしまいました。だんだんみんな女の子たちも集まってきましたが、だれもなんとも言えませんでした。

赤毛の子どもは、いっこうこわがるふうもなく、やっぱりちゃんとすわって、じっと黒板を見ています。

すると六年生の一郎が来ました。一郎は、まるでおとなのようにゆっくり大またにやってきて、みんなを見て、「何した（どうした？）。」とききました。

みんなは、はじめてがやがや声をたてて、その教室の中の変な子を指さしました。一郎はしばらくそっちを見ていましたが、やがてかばんをしっかりかかえて、さっさと窓の下へ行きました。

みんなもすっかり元気になって、ついていきました。

「だれだ、時間にならないに（時間にならないのに）教室へはいってるのは。」

一郎は窓へはいのぼって、教室の中へ顔をつき出して言いました。

「お天気のいい時、教室さはいってるづど、先生にうんとしからえるぞ（教室にはいっていると、先生にうんとしかられるぞ）。」

窓の下の耕助が言いました。

「しからえでも、おら、しらないよ（しかられても、おれ、しらないよ）。」

嘉助が言いました。

「早ぐ出はって来、出はって来（はやく出てこい、出てこい)。」

　一郎が言いました。

　けれどもその子どもは、きょろきょろ部屋の中やみんなのほうを見るばかりで、やっぱりちゃんとひざに手をおいて、腰かけに座っていました。

　ぜんたいその形からが、じつにおかしいのでした。変てこなねずみいろのだぶだぶの上着を着て、白い半ずぼんをはいて、それに赤い革の半靴をはいていたのです。

　それに顔といったらまるで熟したりんごのよう、ことに目はまん丸でまっ黒なのでした。いっこう言葉が通じないようなので、一郎もまったく困ってしまいました。

「あいづは外国人だな（あいつは外国人だな）。」

「学校さはいるのだな（学校にはいるんだな）。」

　みんなはがやがやがやがや言いました。

　ところが五年生の嘉助がいきなり、「ああ三年生さはいるのだ。」とさけびましたので、

「ああそうだ。」と小さい子どもらは思いましたが、一郎はだまってくびをまげました。

変な子どもは、やはりきょろきょろこっちを見るだけ、きちんと腰かけています。

そのとき風がどうと吹いてきて、教室のガラス戸はみんながたがた鳴り、学校のうしろの山の萱や栗の木は、みんな変に青じろくなってゆれ、教室のなかの子どもは、なんだかにやっとわらって、すこしうごいたようでした。

すると嘉助が、すぐさけびました。

「ああ、わかった。あいつは風の又三郎だぞ。」

そうだっとみんなもおもったとき、にわかにうしろのほうで五郎が、「わあ、痛いじゃあ（痛いよ）。」とさけびました。

みんなそっちへ振りむきますと、五郎が耕助に足の指をふまれて、まるでおこって耕助をなぐりつけていたのです。

すると耕助もおこって、「わあ、われ悪くてでひと撲いだなあ（おまえは自分が悪いくせに、人をぶったな）。」と言って、また五郎をなぐろうとしました。

五郎はまるで顔じゅう涙だらけにして、耕助に組みつこうとしました。そこで一郎が間へはいって、嘉助が耕助をおさえてしまいました。

「わあい、けんかするなったら、先生あちゃんと職員室に来てらぞ（先生、ちゃんと職員室に来てるぞ）。」と一郎が言いながら、また教室のほうを見ましたら、一郎は、にわかにまるでぽかんとしてしまいました。

たったいままで教室にいたあの変な子が、影もかたちもないのです。

みんなもまるでせっかく友だちになった子うまが遠くへやられたよう、せっかく捕った山雀に逃げられたように思いました。

風がまたどうと吹いてきて、窓ガラスをがたがた言わせ、うしろの山の萱をだんだん上流のほうへ青じろく波だてて行きました。

「わあ、うなだけんかしたんだがら又三郎いなぐなったな（おまえたちがけんかしたから、又三郎がいなくなったぞ）。」

嘉助がおこって言いました。

みんなもほんとうにそう思いました。五郎はじつに申しわけないと思って、足の痛いのも忘れて、しょんぼり肩をすぼめて立ったのです。

「やっぱりあいつは風の又三郎だったな。」

「二百十日（立春から二百十日め。九月一日ごろのこと。台風がくる季節で風のお祭りが多い）で来たのだな。」

「靴はいでだたぞ。」

「服も着でだたぞ。」

「髪赤くておかしやづだったな。」

「ありゃありゃ、又三郎、おれの机の上さ石かけ（石のかけら）乗せでったぞ。」

二年生の子が言いました。

見るとその子の机の上にはきたない石かけが乗っていたのです。

「そうだ、ありゃ。あそごのガラスもぶっかしたぞ（あそこのガラスもわっていったぞ）。」

「そだないであ（そうじゃないよ）。あいづあ休み前に嘉助石ぶっつけだのだな（あれは休みまえに嘉助が石ぶっつけたんだよ）。」

「わあい。そだないであ（そうじゃないよ）。」と言っていたとき、これはまたなんというわけでしょう。先生が玄関から出てきたのです。

先生はぴかぴか光る呼び子を右手にもって、もう集まれのしたくをしているのでしたが、そのすぐうしろから、さっきの赤い髪の子が、まるで権現さまの尾っぱ持ちのようにすましこんで、白いシャッポ（帽子）をかぶって、先生についてすぱすぱとあるいてきたのです。

みんなはしいんとなってしまいました。やっと一郎が「先生お早うございます。」と言いましたのでみんなもついて、「先生お早うございます。」と言っただけでした。

「みなさん。お早う。どなたも元気ですね。では並んで。」

先生は呼び子をビルルと吹きました。それはすぐ谷の向こうの山へひびいて、またビルルルと低く戻ってきました。

すっかりやすみの前のとおりだと、みんなが思いながら六年生は一人、五年生は七人、四年生は六人、一、二年生は十二人、組ごとに一列に縦にならびました。二年は八人、一年生は四人、前へならえをしてならんだのです。

するとそのあいだ、あのおかしな子は、何かおかしいのかおもしろいのか、奥歯で横っちょに舌をかむようにして、じろじろみんなを見ながら先生のうしろに立っていたのです。

すると先生は、高田さんこっちへおはいりなさいと言いながら、五年生の列のところへ連れていって、丈を嘉助とくらべてから、嘉助とそのうしろのきよの間へ立たせました。

みんなはふりかえって、じっとそれを見ていました。

先生はまた玄関の前に戻って、前へならえと号令をかけました。

みんなはもう一ぺん前へならえをして、すっかり列をつくりましたが、じつはあの変な子がどういうふうにしているのか見たくて、かわるがわるそっちを振りむいたり、横目でにらんだりしたのでした。

するとその子は、ちゃんと前へならえでもなんでも知ってるらしく、平気で両腕を前へ出して、指さきを嘉助のせなかへやっと届くくらいにしていたものですから、嘉助はなんだかせなかがかゆく、くすぐったいというふうにもじもじしていました。

「直れ。」

先生がまた号令をかけました。

「一年から順に前へおい（一年から順に前へすすめ）。」

そこで一年生はあるきだし、まもなく二年生もあるきだして、みんなの前をぐるっとおって、右手の下駄箱のある入り口にはいっていきました。

四年生があるきだすと、さっきの子も嘉助のあとへついて大いばりであるいていきました。前へ行った子も、ときどきふりかえって見、あとの者もじっと見ていたのです。

まもなくみんなは、はきものを下駄箱に入れて教室へはいって、ちょうど外へならんだときのように、組ごとに一列に机にすわりました。

さっきの子もすまし込んで嘉助のうしろにすわりました。ところがもう大さわぎです。

「わあ、おらの机さ石かけはいってるぞ。」

「わあ、おらの机代わってるぞ。」

「キッコ、キッコ、うな通信簿持ってきたが（おまえ通信簿持ってきたか）。おら忘れできたじゃあ（おれ、忘れてきちゃった）。」

「わあい、さの、木ペン（えんぴつ）借せ、木ペン借せったら。」

「わあがない（だめだよ）。ひとの雑記帳とってって。」

そのとき先生がはいってきましたので、みんなもさわぎながらとにかく立ちあがり、一郎がいちばんうしろで、「礼。」と言いました。

みんなはおじぎをするあいだは、ちょっとしんとなりましたが、それからまたがやがや

がやがや言いました。

「しずかに、みなさん。しずかにするのです。」

先生が言いました。

「しっ、悦治、やがましったら（やかましいったら）、嘉助え、喜っこう。わあい。」と一郎がいちばんうしろから、あまりさわぐものを一人ずつしかりました。

みんなはしんとなりました。

先生が言いました。

「みなさん、長い夏のお休みはおもしろかったですね。みなさんは朝から水泳ぎもできたし、林の中で鷹にも負けないくらい高くさけんだり、またにいさんの草刈りについて上の野原へ行ったりしたでしょう。けれどももうきのうで休みは終わりました。これからは第二学期で秋です。むかしから、秋はいちばんからだもこころもひきしまって、勉強のできる時だといってあるのです。ですから、みなさんもきょうからまたいっしょにしっかり勉強しましょう。それからこのお休みの間にみなさんのお友だちが一人ふえました。それはそこにいる高田さんです。そのかたのおとうさんは、こんど会社のご用で上の野原の入り口へおいでになっていられるのです。高田さんはいままでは北海道の学校におられたのですが、きょうからみなさんのお友だちになるのですから、みなさんは学校で勉強のときも、また栗ひろいや魚とりに行くときも、高田さんをさそうようにしなければなりません。わかりましたか。わかった人は手をあげてごらんなさい。」

すぐみんなは手をあげました。その高田とよばれた子も勢いよく手をあげましたので、ちょっと先生はわらいましたが、すぐ、「わかりましたね、ではよし。」と言いましたので、みんなは火の消えたように一ぺんに手をおろしました。

ところが嘉助がすぐ、「先生。」といってまた手をあげました。

「はい。」

先生は嘉助を指さしました。

「高田さん名はなんて言うべな（名前はなんていうのかな）。」

「高田三郎さんです。」

「わあ、うまい、そりゃ、やっぱり又三郎だな。」

嘉助はまるで手をたたいて、机の中で踊るようにしましたので、大きなほうの子どもらは、どっと笑いましたが、三年生から下の子どもらは、何かこわいというふうにしいんとして、三郎のほうを見ていたのです。

先生はまた言いました。

「きょうはみなさんは通信簿と宿題を持ってくるのでしたね。持ってきた人は机の上へ出してください。私がいま集めに行きますから。」

みんなはばたばた鞄をあけたり、風呂敷をといたりして、通信簿と宿題を、机の上に出しました。

そして先生が一年生のほうから順にそれを集めはじめました。そのときみんなはぎょっとしました。というわけはみんなのうしろのところに、いつか一人の大人が立っていたのです。その人は白いだぶだぶの麻服を着て、黒いてかてかしたはんけちをネクタイの代わりに首に巻いて、手には白い扇をもって、軽くじぶんの顔を扇ぎながら、少し笑ってみんなを見おろしていたのです。さあみんなはだんだんしいんとなって、まるで堅くなってしまいました。

ところが先生は別にその人を気にかけるふうもなく、順々に通信簿を集めて三郎の席まで行きますと、三郎は通信簿も宿題帳もないかわりに、両手をにぎりこぶしにして二つ机の上にのせていたのです。先生はだまってそこを通りすぎ、みんなのを集めてしまうと、それを両手でそろえながらまた教壇に戻りました。

「では宿題帳はこの次の土曜日に直して渡しますから、きょう持ってこなかった人は、あしたきっと忘れないで持ってきてください。それは悦治さんとコージさんとリョウサクさんとですね。ではきょうはここまでです。あしたからちゃんといつものとおりのしたくをしておいでなさい。それから五年生と六年生の人は、先生といっしょに教室のお掃除をしましょう。ではここまで。」

一郎が気をつけ、と言いみんなは一ぺんに立ちました。うしろのおとなも扇を下にさげて立ちました。

「礼。」

先生もみんなも礼をしました。うしろの大人も軽く頭を下げました。

それからずうっと下の組の子どもらは、一目散に教室を飛びだしましたが、四年生の子どもらは、まだもじもじしていました。

すると三郎は、さっきのだぶだぶの白い服の人のところへ行きました。先生も教壇をおりてその人のところへ行きました。

「いやどうも、ご苦労さまでございます。」

その大人はていねいに先生に礼をしました。

「じきみんなとお友だちになりますから。」

先生も礼を返しながら言いました。

「何ぶんどうかよろしくおねがいいたします。それでは。」

その人はまたていねいに礼をして、目で三郎に合図すると、自分は玄関のほうへまわって外へ出て待っていますと、三郎はみんなの見ている中を目をりんとはって、だまって昇降口から出ていって追いつき、二人は運動場を通って川下のほうへ歩いていきました。

運動場を出るときその子はこっちを振りむいて、じっと学校やみんなのほうをにらむようにすると、またすたすた白服のおとなについて歩いていきました。

「先生、あの人は高田さんのお父さんですか。」

一郎がほうきをもちながら先生にききました。

「そうです。」

「なんの用で来たべ（なんの用で来たのですか）。」

「上の野原の入り口に、モリブデンという鉱石ができるので、それをだんだん掘るようにするためだそうです。」

「どこらあだりだべな（どこらあたりですか）。」

「私もまだよくわかりませんが、いつもみなさんが馬をつれて行くみちから、少し川下へ寄ったほうなようです。」

「モリブデン、何にするべな（何に使うのですか）。」

「それは鉄とまぜたり、薬をつくったりするのだそうです。」

「そだら又三郎も掘るべが（それなら又三郎も掘るんですか）。」

嘉助が言いました。

「又三郎だない。高田三郎だじゃ（又三郎じゃない。高田三郎だよ）。」

佐太郎が言いました。

「又三郎だ又三郎だ。」

嘉助が顔をまっ赤かにしてがん張りました。

「嘉助、うなも残ってらば掃除してすけろ（おまえも残ってるなら掃除をてつだえ）。」

一郎が言いました。

「わあい。やんたじゃ（やだよ）。きょう五年生ど六年生だな。」

嘉助は大急ぎで教室をはねだして、逃げてしまいました。

風がまた吹いてきて、窓ガラスはまたがたがた鳴り、ぞうきんを入れたバケツにも小さな黒い波をたてました。

九月二日

次の日、一郎はあのおかしな子どもが、きょうからほんとうに学校へ来て、本を読んだりするかどうか、早く見たいような気がして、いつもより早く嘉助をさそいました。

ところが嘉助のほうは、一郎よりもっとそう考えていたと見えて、とうにごはんもたべ、風呂敷に包んだ本ももって、家の前へ出て一郎を待っていたのでした。二人は、途中もいろいろその子のことを話しながら、学校へ来ました。

するとう運動場には小さな子どもらが、もう七、八人集まっていて、棒かくしをしていましたが、その子はまだ来ていませんでした。またきのうのように、教室の中にいるのかと思って中をのぞいてみましたが、教室の中はしいんとしてだれもいず、黒板の上にはきのう掃除のときぞうきんでふいた跡が、かわいてぼんやり白い縞になっていました。

「きのうのやつ、まだ来てないな。」

一郎が言いました。

「うん。」

嘉助も言って、そこらを見まわしました。

一郎はそこで鉄棒の下へ行って、じゃみ上がりというやり方で、無理やりに鉄棒の上にのぼり、両腕をだんだん寄せて、右の腕木に行くと、そこへ腰かけて、きのう又三郎の行ったほうをじっと見おろして待っていました。

谷川はそっちのほうへきらきら光ってながれていき、その下の山の上のほうでは風も吹いているらしく、ときどき萱が白く波立っていました。

嘉助もやっぱりその柱の下で、じっとそっちを見て待っていました。

ところが二人はそんなに長く待つこともありませんでした。それはとつぜん、又三郎がその下手のみちから、灰いろのかばんを右手にかかえて走るようにして出てきたのです。「来たぞ。」と一郎が思わず下にいる嘉助へさけぼうとしていますと、早くも又三郎はどてをぐるっとまわって、どんどん正門をはいってくると、「お早う。」とはっきり言いました。みんなはいっしょにそっちを振りむきましたが、一人も返事をしたものがありませんでした。

それは返事をしないのではなくて、みんなは先生にはいつでも「お早うございます。」というように習っていたのですが、お互いに「お早う。」なんて言ったことがなかったのに、又三郎にそう言われても、一郎や嘉助はあんまりにわかで、また勢いがいいのでとうとう臆してしまって、一郎も嘉助も口の中でお早うと言うかわりに、もにゃもにゃっと言ってしまったのでした。

ところが又三郎のほうはべつだんそれを苦にするふうもなく、二、三歩また前へ進むとじっと立って、そのまっ黒な目でぐるっと運動場じゅうを見まわしました。そしてしばらくだれか遊ぶ相手がないかさがしているようでした。けれどもみんなきょろきょろ又三郎のほうは見ていても、やはり忙しそうに棒かくしをしたり、又三郎のほうへ行くものがありませんでした。又三郎はちょっと具合が悪いようにそこにつっ立っていましたが、また運動場をもう一度見まわしました。

それからぜんたい、この運動場は何間（長さの単位。一間は約1.8メートル）あるかというように、正門から玄関まで、大またに歩数を数えながら歩きはじめました。一郎は急いで鉄棒をはねおりて、嘉助とならんで、息をこらしてそれを見ていました。

そのうち又三郎はむこうの玄関の前まで行ってしまうと、こっちへむいてしばらく暗算をするように、少し首をまげて立っていました。

みんなはやはり、きろきろそっちを見ています。又三郎は少し困ったように両手をうしろへ組むと、むこう側の土手のほうへ職員室の前をとおって歩きだしました。

その時、風がざあっと吹いてきて、土手の草はざわざわ波になり、運動場のまん中でさあっと塵があがり、それが玄関の前まで行くと、きりきりとまわって小さなつむじ風になって、黄いろな塵は瓶をさかさまにしたような形になって、屋根より高くのぼりました。

すると嘉助がとつぜん高く言いました。

「そうだ。やっぱりあいづ又三郎だぞ。あいづ何かすると、きっと風吹いてくるぞ。」

「うん。」

一郎はどうだかわからないと思いながらも、だまってそっちを見ていました。又三郎はそんなことにはかまわず、土手のほうへやはりすたすた歩いて行きます。

そのとき先生がいつものように、呼び子をもって玄関を出てきたのです。

「お早うございます。」

小さな子どもらはみんな集まりました。

「お早う。」

先生はちらっと運動場を見まわしてから、「ではならんで。」と言いながら、ビルルッと笛を吹きました。

みんなは集まってきて、きのうのとおりきちんとならびました。又三郎もきのう言われた所へちゃんと立っています。

先生はお日さまがまっ正面なので、すこしまぶしそうにしながら、号令をだんだんかけて、とうとうみんなは昇降口から教室へはいりました。

そして礼がすむと先生は、「ではみなさんきょうから勉強をはじめましょう。みなさんはちゃんとお道具をもってきましたね。では一年生と二年生の人は、お習字のお手本と硯と紙を出して、三年生と四年生の人は、算術帳と雑記帳と鉛筆を出して、五年生と六年生の人は、国語の本を出してください。」

さあすると、あっちでもこっちでも大さわぎがはじまりました。中にも又三郎のすぐ横の四年生の机の佐太郎が、いきなり手をのばして三年生のかよの鉛筆をひらりと取ってしまったのです。かよは佐太郎の妹でした。

するとかよは、

「うわあ、兄な、木ペン取ってわかんないな（お兄ちゃん、えんぴつ取ってよくないな）。」と言いながら、取り返そうとしますと、佐太郎が、「わあ、こいつおれのだなあ。」と言いながら、鉛筆をふところの中へ入れて、あとは支那人がおじぎするときのように、両手を袖へ入れて、机へぴったり胸をくっつけました。

するとかよは立ってきて、「兄な、兄なの木ペンは、おととい小屋でなくしてしまった

けなあ。よこせったら。」と言いながら、一生けん命取り返そうとしましたが、どうしても、佐太郎は机にくっついた大きな蟹の化石みたいになっているので、とうとうかよは立ったまま、口を大きくまげて、泣きだしそうになりました。

すると又三郎は、国語の本をちゃんと机にのせて、困ったようにしてこれを見ていましたが、かよがとうとうぼろぼろ涙をこぼしたのを見ると、だまって右手に持っていた半分ばかりになった鉛筆を、佐太郎の目の前の机に置きました。

すると佐太郎はにわかに元気になって、むっくり起きあがりました。そして、「くれる？」と又三郎にききました。又三郎はちょっとまごついたようでしたが、覚悟したように、「うん。」と言いました。すると佐太郎はいきなりわらいだして、ふところの鉛筆をかよの小さな赤い手に持たせました。

先生はむこうで、一年生の子の硯に水をついでやったりしていましたし、嘉助は又三郎の前ですから知りませんでしたが、一郎はこれをいちばんうしろで、ちゃんと見ていました。

そしてまるで、なんと言ったらいいかわからない、変な気持ちがして、歯をきりきり言わせました。

「では三年生のひとは、お休みの前にならった引き算を、もう一ぺん習ってみましょう。これを勘定してごらんなさい。」

先生は黒板に $\begin{array}{r}25\\-12\\\hline\end{array}$ と書きました。三年生の子どもらは、みんな一生けん命にそれを雑記帳にうつしました。かよも頭を雑記帳へくっつけるようにしています。

「四年生の人はこれを置いて」$\begin{array}{r}17\\\times\ 4\\\hline\end{array}$ と書きました。

四年生は佐太郎をはじめ喜蔵も甲助も、みんなそれをうつしました。

「五年生の人は読本の【一字空白】ページの【一字不明】課をひらいて、声をたてないで読めるだけ読んでごらんなさい。わからない字は雑記帳へ拾っておくのです。」

五年生もみんな言われたとおりしはじめました。

「一郎さんは読本の【一字空白】ページをしらべてやはり知らない字を書き抜いてください。」

それがすむと先生はまた教壇をおりて、一年生と二年生の習字を一人一人見てあるきました。

又三郎は両手で本をちゃんと机の上へもって、言われたところを息もつかず、じっと読んでいました。けれども雑記帳へは、字を一つも書き抜いていませんでした。それはほんとうに知らない字が一つもないのか、たった一本の鉛筆を佐太郎にやってしまったためか、どっちともわかりませんでした。

そのうち先生は教壇へ戻って、三年生と四年生の算術の計算をしてみせて、また新しい問題を出すと、今度は五年生の生徒の雑記帳へ書いた知らない字を黒板へ書いて、それをかなとわけをつけました。

そして、「では嘉助さん、ここを読んで。」と言いました。

嘉助は二、三度ひっかかりながら、先生に教えられて読みました。

又三郎もだまって聞いていました。

先生も本をとって、じっと聞いていましたが、十行ばかり読むと、「そこまで。」と言って、こんどは先生が読みました。

そうして一まわり済むと、先生はだんだんみんなの道具をしまわせました。それから「ではここまで。」と言って教壇に立ちますと、一郎がうしろで、「気をつけい。」と言いました。そして礼がすむと、みんな順に外へ出て、こんどは外へならばずに、みんな別れ別れになって遊びました。

二時間目は一年生から六年生までみんな唱歌でした。そして先生がマンドリンを持って出てきて、みんなはいままでに習った歌を、先生のマンドリンについて五つもうたいました。

又三郎もみんなしっていて、みんなどんどん歌いました。そしてこの時間はたいへん早くたってしまいました。

三時間目になると、こんどは三年生と四年生が国語で、五年生と六年生が数学でした。先生はまた黒板に問題を書いて、五年生と六年生に計算させました。しばらくたって一郎が答えを書いてしまうと、又三郎のほうをちょっと見ました。

すると又三郎は、どこから出したか小さな消し炭で、雑記帳の上へがりがりと、大きく運算していたのです。

九月四日

次の朝、空はよく晴れて谷川はさらさら鳴りました。一郎は途中で嘉助と佐太郎と悦治をさそって、いっしょに三郎のうちのほうへ行きました。

学校の少し下流で谷川をわたって、それから岸で楊の枝をみんなで一本ずつ折って、青い皮をくるくるはいで、鞭をこしらえて、手でひゅうひゅう振りながら、上の野原への道をだんだんのぼっていきました。みんなは早くも登りながら、息をはあはあしました。

「又三郎ほんとにあそごのわき水まで来て待じでるべが（待ってるかな）。」

「待じでるんだ。又三郎うそこがないもな（待ってるよ。又三郎はうそつかないもんな）。」

「ああ暑う、風吹げばいいな。」

「どごがらだが風吹いでるぞ。」

「又三郎吹がせだらべも（又三郎が吹かせてるのかも）。」

「なんだがお日さんぼやっとしてきたな。」

空に少しばかりの白い雲が出ました。そしてもうだいぶのぼっていました。谷のみんなの家がずうっと下に見え、一郎のうちの木小屋の屋根が白く光っています。

道が林の中に入り、しばらく道はじめじめして、あたりは見えなくなりました。そしてまもなくみんなは約束のわき水の近くに来ました。するとそこから、「おうい。みんな来たかい」と三郎の高くさけぶ声がしました。

みんなはまるでせかせかと走ってのぼりました。むこうの曲がり角のところに、又三郎が小さなくちびるをきっと結んだまま、三人のかけのぼってくるのを見ていました。

三人はやっと三郎の前まできました。けれどもあんまり息がはあはあして、すぐには何も言えませんでした。嘉助などはあんまりもどかしいもんですから、空へ向いて「ホッホウ。」とさけんで、早く息を吐いてしまおうとしました。すると三郎は大きな声で笑いました。

「ずいぶん待ったぞ。それにきょうは雨が降るかもしれないそうだよ。」

「そだら早ぐ行ぐべすさ。おらまんつ水飲んでぐ（そしたら早く行こうよ。おれはそのまえに、まず水を飲んでいく）。」

三人は汗をふいてしゃがんで、まっ白な岩からごぼごぼ噴きだす冷たい水を、何べんもすくってのみました。

「ぼくのうちはここからすぐなんだ。ちょうどあの谷の上あたりなんだ。みんなで帰りに寄ろうねえ。」

「うん。まんつ野原さ行ぐべすさ（まずは野原に行こうよ）。」

みんながまたあるきはじめたとき、わき水は何かを知らせるように、ぐうっと鳴り、そこらの木もなんだかざあっと鳴ったようでした。

四人は林のすその藪の間を行ったり、岩かけの小さくくずれるところを何べんもとおったりして、もう上の野原の入り口に近くなりました。

みんなはそこまでくると、きたほうからまた西のほうをながめました。

光ったりかげったり、いくとおりにも重なったたくさんの丘のむこうに、川に沿ったほんとうの野原が、ぼんやり碧くひろがっているのでした。

「ありゃ、あいづ川だぞ。」

「春日明神さんの帯のようだな。」

三郎が言いました。

「何のようだど。」

一郎がききました。

「春日明神さんの帯のようだ。」

「うな（おまえ）神さんの帯見だごとあるが。」

「ぼく北海道で見たよ。」

みんなはなんのことだかわからず、だまってしまいました。

ほんとうにそこはもう上の野原の入り口で、きれいに刈られた草の中に、一本の大きな栗の木が立って、その幹は根もとのところがまっ黒に焦げて、大きな洞のようになり、その枝には古いなわや、切れたわらじなどがつるしてありました。

「もう少し行ぐづど、みんなして草刈ってるぞ。それから馬のいるどごもあるぞ。」

一郎は言いながら先に立って、刈った草のなかの一ぽん道をぐんぐん歩きました。

三郎はその次に立って、「ここには熊いないから馬をはなしておいてもいいなあ。」と言って歩きました。

しばらく行くと、道ばたの大きな楢の木の下に、なわで編んだ袋が投げ出してあって、たくさんの草たばが、あっちにもこっちにもころがっていました。

せなかに【約二字分空白】をしょった二匹の馬が、一郎を見て鼻をぷるぷる鳴らしました。

「兄な、いるが。兄な、来たぞ。」

一郎は汗をぬぐいながらさけびました。

「おおい。ああい。そこにいろ。今行ぐぞ。」

ずうっとむこうのくぼみで、一郎の兄さんの声がしました。

日はぱっと明るくなり、兄さんがそっちの草の中から、笑って出てきました。

「善ぐきたな。みんなも連れできたのが。善ぐきた。戻りに馬こ連れでてけろな（帰りに馬を連れてってくれ)。きょうあ昼まがらきっと曇る。おらもう少し草集めて仕舞がらな、うなだ遊ばばあの土手の中さはいってろ（おまえたち遊ぶなら、あの土手の中に入ってろ)。まだ牧馬の馬二十匹ばかりはいるがらな。」

兄さんはむこうへ行こうとして、振りむいてまた言いました。

「土手がら外さ出はるなよ。迷ってしまうづどあぶないがらな（迷ってしまうとあぶないからな)。昼まになったらまたくるがら。」

「うん。土手の中にいるがら。」

そして一郎の兄さんは行ってしまいました。

空にはうすい雲がすっかりかかり、太陽は白い鏡のようになって、雲と反対に馳せました。風が出てきて、まだ刈っていない草は一面に波を立てます。

一郎はさきにたって、小さな道をまっすぐに行くと、まもなく土手になりました。その土手の一とこちぎれたところに、二本の丸太の棒を横にわたしてありました。耕助がそれをくぐろうとしますと、嘉助が「おらこったなものはずせだぞ（おれ、こんなものはずせるぞ)。」と言いながら、片っぽうのはじをぬいて下におろしましたので、みんなはそれをはね越えて、中にはいりました。

むこうの少し小高いところに、てかてか光る茶いろの馬が七匹ばかり集まって、しっぽをゆるやかにばしゃばしゃふっているのです。

「この馬みんな千円以上するづもな。来年がらみんな競馬さも出はるのだづじゃい（来年からみんな競馬に出るんだよ）。」

一郎はそばへ行きながら言いました。

馬はみんないままで、さびしくってしようなかったというように、一郎たちのほうへ寄ってきました。そして鼻づらをずうっとのばして、何かほしそうにするのです。

「ははあ、塩をけろづのだな（塩をくれというのだな）。」

みんなは言いながら手を出して、馬になめさせたりしましたが、三郎だけは馬になれていないらしく、気味わるそうに手をポケットへ入れてしまいました。

「わあ、又三郎馬おっかながるじゃい（又三郎、馬こわがるなよ）。」と悦治が言いました。

すると三郎は、「こわくなんかないやい。」と言いながら、すぐポケットの手を馬の鼻づらへのばしましたが、馬が首をのばして舌をべろりと出すと、さっと顔いろを変えて、すばやくまた手をポケットへ入れてしまいました。

「わあい、又三郎、馬おっかながるじゃい（馬をこわがるなよ）。」

悦治がまた言いました。すると三郎はすっかり顔を赤くして、しばらくもじもじしていましたが、「そんなら、みんなで競馬やるか。」と言いました。

競馬ってどうするのかと、みんな思いました。

すると三郎は、「ぼく競馬何べんも見たぞ。けれどもこの馬みんな鞍がないから乗れないや。みんなで一匹ずつ馬を追って、はじめにむこうの、そら、あの大きな木のところに着いたものを一等にしよう。」

「そいづおもしろいな。」

嘉助が言いました。

「しからえるぞ。牧夫に見つけらえでがら（見つけられたら）。」

「大丈夫だよ。競馬に出る馬なんか練習をしていないといけないんだい。」

三郎が言いました。

「よしおらこの馬だぞ。」

「おらこの馬だ。」

「そんならぼくはこの馬でもいいや。」

みんなは楊の枝や萱の穂でしゅうと言いながら、馬を軽く打ちました。

ところが馬はちっともびくともしませんでした。やはり下へ首をたれて、草をかいだり、首をのばして、そこらの景色をもっとよく見るというようにしているのです。

一郎がそこで両手をぴしゃんと打ち合わせて、だあ、と言いました。

するとにわかに、七匹ともまるでたてがみをそろえて、かけ出したのです。

「うまあい。」

嘉助ははねあがって走りました。けれどもそれはどうも競馬にはならないのでした。第一、馬はどこまでも顔をならべて走るのでしたし、それにそんなに競馬するくらい早く走るのでもなかったのです。それでもみんなはおもしろがって、だあだと言いながら、一生けん命そのあとを追いました。

馬はすこし行くと立ちどまりそうになりました。みんなもすこしはあはあしましたが、こらえてまた馬を追いました。するといつか馬はぐるっとさっきの小高いところをまわって、さっき四人ではいってきたどての切れたところへきたのです。

「あ、馬出はる、馬出はる。おさえろ、おさえろ。」

一郎はまっ青になって叫びました。じっさい馬はどての外へ出たのらしいのでした。どんどん走って、もうさっきの丸太の棒を越えそうになりました。

一郎はまるであわてて、「どう、どう、どうどう。」と言いながら、一生けん命走っていって、やっとそこへ着いて、まるでころぶようにしながら手をひろげたときは、もう二匹は柵の外へ出ていたのでした。

「早ぐ来ておさえろ。早ぐ来て。」

一郎は息も切れるようにさけびながら、丸太ん棒をもとのようにしました。

四人は走っていって、急いで丸太をくぐって外へ出ますと、二匹の馬はもう走るでもなく、どての外に立って、草を口で引っぱって抜くようにしています。

「そろそろどおさえろよ。そろそろど。」と言いながら、一郎は一匹のくつわについた札のところを、しっかりおさえました。嘉助と三郎がもう一匹をおさえようとそばへ寄りますと、馬はまるでおどろいたように、どてへ沿って一目散に南のほうへ走ってしまいました。

「兄な、馬あ逃げる、馬あ逃げる。兄な、馬逃げる。」とうしろで一郎が、一生けん命さけんでいます。三郎と嘉助は一生けん命馬を追いました。

ところが馬はもう今度こそ、ほんとうに逃げるつもりらしかったのです。まるで丈ぐらいある草をわけて、高みになったり低くなったり、どこまでも走りました。

嘉助はもう足がしびれてしまって、どこをどう走っているのかわからなくなりました。

それからまわりがまっ青になって、ぐるぐる回り、とうとう深い草の中に倒れてしまいました。馬の赤いたてがみと、あとを追っていく三郎の白いシャッポが、終わりにちらっと見えました。

嘉助は、あおむけになって空を見ました。空がまっ白に光って、ぐるぐる回り、そのこちらを薄いねずみ色の雲が、速く速く走っています。そしてカンカン鳴っています。

嘉助はやっと起きあがって、せかせか息しながら、馬の行ったほうに歩きだしました。草の中には、今、馬と三郎がとおった跡らしく、かすかな道のようなものがありました。嘉助は笑いました。そして、（ふん。なあに、馬どこかで、こわくなってのっこり立ってるさ。）と思いました。

そこで嘉助は、一生けん命それをつけていきました。

ところがその道のようなものは、まだ百歩も行かないうちに、おとこえし（草の名前）や、すてきに背の高いあざみの中で、二つにも三つにも分かれてしまって、どれがどれやらいっこうわからなくなってしまいました。

嘉助は「おうい。」と叫びました。

おう、とどこかで三郎がさけんでいるようです。思い切って、そのまん中のを進みました。

けれどもそれも、ときどき切れたり、馬の歩かないような急なところを、横ざまに過ぎたりするのでした。

空はたいへん暗く重くなり、まわりがぼうっとかすんできました。冷たい風が、草を渡りはじめ、もう雲や霧が、切れ切れになって、目の前をぐんぐん通り過ぎていきました。

（ああ、こいつは悪くなってきた。みんな悪いことはこれから集ってやってくるのだ。）

と嘉助は思いました。まったくそのとおり、にわかに馬の通った跡は、草の中でなくなってしまいました。

（ああ、悪くなった、悪くなった。）

嘉助は胸をどきどきさせました。

草がからだを曲げて、パチパチ言ったり、さらさら鳴ったりしました。霧がことに滋くなって、着物はすっかりしめってしまいました。

嘉助は咽喉いっぱいさけびました。

「一郎、一郎、こっちさ来う（こっちに来て）。」

ところがなんの返事も聞こえません。黒板から降る白墨の粉のような、暗い冷たい霧の粒が、そこら一面踊りまわり、あたりがにわかにシインとして、陰気に陰気になりました。草からは、もうしずくの音がポタリポタリと聞こえてきます。

嘉助はもう早く、一郎たちのところへ戻ろうとして、急いで引っ返しました。けれどもどうも、それは前にきたところとは違っていたようでした。第一、あざみがあんまりたくさんありましたし、それに草の底にさっきなかった岩かけが、たびたびころがっていました。そしてとうとう聞いたこともない大きな谷が、いきなり目の前に現れました。すすきがざわざわざわっと鳴り、むこうのほうは底知れずの谷のように、霧の中に消えているではありませんか。

風がくると、すすきの穂は細いたくさんの手をいっぱいのばして、忙しく振って、「あ、西さん、あ、東さん、あ、西さん、あ、南さん、あ、西さん。」なんて言っているようでした。

嘉助はあんまり見っともなかったので、目をつむって横をむきました。そして急いで引っ返しました。小さな黒い道が、いきなり草の中に出てきました。それはたくさんの馬のひづめの跡でできあがっていたのです。嘉助は、夢中で、短い笑い声をあげて、その道をぐんぐん歩きました。

けれども、たよりのないことは、道のはばが五寸（約15センチメートル）ぐらいになったり、また三尺（約91センチメートル）ぐらいに変わったり、おまけになんだかぐるっと回っているように思われました。そして、とうとう、大きなてっぺんの焼けた栗の木の前まで来たとき、ぼんやりいくつにもわかれてしまいました。

そこはたぶんは、野馬の集まり場所であったでしょう。霧の中に円い広場のように見えたのです。

嘉助はがっかりして、黒い道をまた戻りはじめました。知らない草穂が静かにゆらぎ、少し強い風がくるときは、どこかで何かが合図をしてでもいるように、一面の草が、それ来たっとみなからだを伏せて避けました。

空が光ってキインキインと鳴っています。それからすぐ目の前の霧の中に、家の形の大きな黒いものがあらわれました。嘉助はしばらく自分の目を疑って立ちどまっていましたが、やはりどうしても家らしかったので、こわごわもっと近寄ってみますと、それは冷たい大きな黒い岩でした。

空がくるくるくるっと白くゆらぎ、草がバラッと一度にしずくを払いました。

(間違って原のむこう側へおりれば、又三郎もおれも、もう死ぬばかりだ。)と嘉助は半分思うように、半分つぶやくようにしました。それからさけびました。

「一郎、一郎、いるが。一郎。」

また明るくなりました。草がみないっせいによろこびの息をします。

「伊佐戸の町の、電気工夫の童あ(子ども)、山男に手足いしばらえてたたふだ(手足をしばられていたそうだ)。」といつかだれかの話した言葉が、はっきり耳に聞こえてきます。

そして、黒い道が、にわかに消えてしまいました。あたりがほんのしばらくしいんとなりました。それから非常に強い風が吹いてきました。

空が旗のようにぱたぱた光ってひるがえり、火花がパチパチパチッと燃えました。

嘉助はとうとう草の中に倒れてねむってしまいました。

そんなことはみんなどこかの遠いできごとのようでした。

もう又三郎がすぐ目の前に足を投げだして、だまって空を見あげているのです。いつかいつものねずみいろの上着の上に、ガラスのマントを着ているのです。それから光るガラスの靴をはいているのです。

又三郎の肩には栗の木の影が、青く落ちています。又三郎の影は、また青く草に落ちています。そして風がどんどんどんどん吹いているのです。

又三郎は笑いもしなければ、物も言いません。ただ小さなくちびるを強そうにきっと結んだまま、黙って空を見ています。いきなり又三郎は、ひらっと空へ飛びあがりました。

ガラスのマントがギラギラ光りました。

ふと嘉助は目をひらきました。灰いろの霧が速く速く飛んでいます。

そして馬がすぐ目の前に、のっそりと立っていたのです。その目は嘉助を怖れて、横のほうをむいていました。

嘉助ははねあがって、馬の名札をおさえました。そのうしろから、三郎がまるで色のなくなったくちびるをきっと結んで、こっちへ出てきました。

嘉助はぶるぶるふるえました。

「おうい。」

霧の中から一郎の兄さんの声がしました。雷もごろごろ鳴っています。

「おおい、嘉助。いるが。嘉助。」

一郎の声もしました。嘉助はよろこんでとびあがりました。

「おおい。いる、いる。一郎。おおい。」

一郎の兄さんと一郎が、とつぜん、目の前に立ちました。嘉助はにわかに泣きだしました。

「捜したぞ。あぶながったぞ。すっかりぬれだな。どう。」

一郎の兄さんはなれた手つきで馬の首を抱いて、もってきたくつわをすばやく馬のくちにはめました。

「さあ、あべさ（いっしょにいこう）。」

「又三郎びっくりしたべあ。」

一郎が三郎に言いました。三郎はだまって、やっぱりきっと口を結んで、うなずきました。

みんなは一郎の兄さんについて、ゆるい傾斜を二つほどのぼり降りしました。それから、黒い大きな道について、しばらく歩きました。

稲光が二度ばかり、かすかに白くひらめきました。草を焼くにおいがして、霧の中を煙がほうっと流れています。

一郎の兄さんがさけびました。

「おじいさん。いだ、いだ。みんないだ。」

おじいさんは霧の中に立っていて、「ああ心配した、心配した。ああえがった。おお嘉助。寒がべあ（寒いだろう）、さあはいれ。」と言いました。

嘉助は一郎と同じように、やはりこのおじいさんの孫なようでした。

半分に焼けた大きな栗の木の根もとに、草で作った小さな囲いがあって、チョロチョロ赤い火が燃えていました。

一郎の兄さんは馬を楢の木につなぎました。

馬もひひんと鳴いています。

「おおむぞやな（かわいそうに）。な。なんぼが泣いだがな。そのわろは金山掘りのわろだな（その子は鉱山師の子だな）。さあさあみんな、団子食べろ。食べろ。な。今こっちを焼ぐがらな。全体どこまで行ってだった。」

「笹長根のおり口だ。」と一郎の兄さんが答えました。

「あぶないがった。あぶないがった。むこうさ降りだら馬も人もそれっ切りだったぞ。さあ嘉助。団子食べろ。このわろも食べろ（この子も食べろ）。さあさあ、こいづも食べろ。」

「おじいさん。馬置いでくるが。」と一郎の兄さんが言いました。

「うんうん。牧夫来るどまだやがましがらな。したどもも少し待で（けれども、もう少し待て）。またすぐ晴れる。ああ心配した。おれも虎こ山の下まで行って見できた。はあ、まんつえがった（とにかくよかった）。雨も晴れる。」

「今朝ほんとに天気えがったのにな。」

「うん。またえぐなるさ、あ、雨漏ってきたな。」

一郎の兄さんが出て行きました。天井がガサガサガサガサ言います。おじいさんが、笑いながらそれを見上げました。

兄さんがまたはいってきました。

「おじいさん。明るぐなった。雨あはれだ（雨があがった）。」

「うんうん。そうが。さあみんなよっく火にあだれ、おらまた草刈るがらな。」

霧がふっと切れました。陽の光がさっと流れてはいりました。その太陽は、少し西のほうに寄ってかかり、いくへんかのかげろうのような霧が、逃げおくれてしかたなしに光りました。

草からはしずくがきらきら落ち、すべての葉も茎も花も、ことしの終わりの陽の光を吸っています。

はるかな西のあおい野原は、今泣きやんだようにまぶしく笑い、むこうの栗の木は青い後光を放ちました。

みんなはもう疲れて、一郎をさきに野原をおりました。わき水のところで、三郎はやっぱりだまって、きっと口を結んだままみんなに別れて、じぶんだけおとうさんの小屋のほうへ帰っていきました。

帰りながら嘉助が言いました。

「あいづやっぱり風の神だぞ。風の神の子っ子だぞ。あそこさ二人して巣くってるんだぞ。」

「そだないよ（そんなことないよ）。」

一郎が高く言いました。

九月六日

次の日は朝のうちは雨でしたが、二時間目からだんだん明るくなって、三時間目の終わりの十分休みにはとうとうすっかりやみ、あちこちに削ったような青ぞらもできて、その下をまっ白なうろこ雲がどんどん東へ走り、山の萱からも栗の木からも、残りの雲が湯げのように立ちました。

「下がったら（授業がおわったら）葡萄蔓とりに行がないが。」

耕助が嘉助にそっと言いました。

「行ぐ行ぐ。又三郎も行がないが。」

嘉助がさそいました。

耕助は、「わあい、あそご又三郎さ教えるやないじゃ（あそこ又三郎に教えるんじゃないよ）。」と言いましたが、三郎は知らないで、「行くよ。ぼくは北海道でもとったぞ。ぼくのおかあさんは樽へ二っつ漬けたよ。」と言いました。

「葡萄とりにおらも連れでがないが（おれも連れてってくれない？）。」

二年生の承吉も言いました。

「わがないじゃ。うなどさ教えるやないじゃ（だめだよ。おまえたち教えてはだめだよ）。おら去年な新しいどご目つけだじゃ。」

みんなは学校のすむのが待ち遠しかったのでした。五時間目が終わると、一郎と嘉助と佐太郎と耕助と悦治と又三郎と六人で、学校から上流のほうへ登っていきました。

少し行くと一けんの藁やねの家があって、その前に小さなたばこ畑がありました。たばこの木はもう下のほうの葉をつんであるので、その青い茎が林のようにきれいにならんで、いかにもおもしろそうでした。

すると又三郎はいきなり、「なんだい、この葉は。」と言いながら、葉を一枚むしって一郎に見せました。すると一郎はびっくりして、「わあ、又三郎、たばごの葉とるづど、専売局にうんとしかられるぞ。わあ、又三郎何してとった。」と少し顔いろを悪くして、言いました。

みんなも口々に言いました。

「わあい。専売局であ、この葉一枚ずつ数えで、帳面さつけでるだ。おら知らないぞ。」

「おらも知らないぞ。」

「おらも知らないぞ。」

みんな口をそろえてはやしました。

すると三郎は顔をまっ赤にして、しばらくそれを振り回して、何か言おうと、考えていましたが、「おら知らないでとったんだい。」とおこったように、言いました。

みんなは怖そうに、だれか見ていないかというように、むこうの家を見ました。たばこ畑からもうもうとあがる湯げの向こうで、その家はしいんとして、だれもいたようではありませんでした。

「あの家一年生の小助の家だじゃい（あの家一年生の小助の家だよ）。」

嘉助が少しなだめるように言いました。ところが耕助ははじめからじぶんの見つけた葡萄藪へ、三郎だのみんなあんまり来て、おもしろくなかったもんですから、意地悪くもいちど三郎に言いました。

「わあ、又三郎なんぼ知らないたって、わがないんだじゃ（だめだよ）。わあい、又三郎もどのとおりにしてまゆんだであ（もとどおりにして弁償するんだぞ）。」

又三郎は困ったようにして、またしばらくだまっていましたが、「そんなら、おいらここへ置いてくからいいや。」と言いながら、さっきの木の根もとへそっとその葉を置きました。すると一郎は、「早くあべ（早く行こう）。」と言って、先にたってあるきだしましたので、みんなもついていきましたが、耕助だけはまだ残って、「ほう、おら知らないぞ。ありゃ、又三郎の置いた葉、あすごにあるじゃい。」なんて言っているのでしたが、みんながどんどん歩きだしたので、耕助もやっとついてきました。

みんなは萱の間の小さなみちを、山のほうへ少しのぼりますと、その南側にむいたくぼみに、栗の木があちこち立って、下には葡萄がもくもくした大きな藪になっていました。

「こごおれ見っつけだのだがら、みんなあんまりとるやないぞ。」

耕助が言いました。

すると三郎は、「おいら栗のほうをとるんだい。」といって、石を拾って、一つの枝へ投げました。青いいがが一つ落ちました。

三郎はそれを棒きれでむいて、まだ白い栗を二つとりました。みんなは葡萄のほうへ一生けん命でした。

そのうち耕助がも一つの藪へ行こうと、一本の栗の木の下を通りますと、いきなり上からしずくが一ぺんにざっと落ちてきましたので、耕助は肩からせなかから水へはいったようになりました。

耕助はおどろいて口をあいて上を見ましたら、いつか木の上に又三郎がのぼっていて、なんだか少しわらいながらじぶんも袖ぐちで顔をふいていたのです。

「わあい、又三郎何する。」

耕助はうらめしそうに木を見あげました。

「風が吹いたんだい。」

三郎は、上でくつくつわらいながら、言いました。

耕助は木の下をはなれて、また別の藪で葡萄をとりはじめました。もう耕助はじぶんでも持てないくらい、あちこちへためていて、口も紫いろになって、まるで大きく見えました。

「さあ、このくらい持って戻らないが。」

一郎が言いました。

「おら、もっと取ってぐじゃ。」

耕助が言いました。

そのとき耕助は、また頭からつめたいしずくをざあっとかぶりました。耕助はまたびっくりしたように木を見上げましたが、今度は三郎は木の上にはいませんでした。けれども木のむこう側に、三郎のねずみいろのひじも見えていましたし、くつくつ笑う声もしましたから、耕助はもうすっかりおこってしまいました。

「わあい又三郎、まだひとさ水掛げだな（またひとに水かけたな）。」

「風が吹いたんだい。」

みんなはどっと笑いました。

「わあい又三郎、うなそごで木ゆすったけあなあ（おまえ、そこで木をゆすったな）。」

みんなはどっとまた笑いました。

すると耕助はうらめしそうにしばらくだまって、三郎の顔を見ながら、

「うあい又三郎、うなどあ世界になくてもいいなあ（おまえなんか、この世にいなくてもいいんだぞ）。」

するとまた又三郎はずるそうに笑いました。

「やあ耕助君、失敬したねえ。」

耕助は何かもっと別のことを言おうと思いましたが、あんまりおこってしまって、考え出すことができませんでしたので、また同じようにさけびました。

「うあい、うあいだが、又三郎、うなみだいな風など世界中になくてもいいなあ（おまえみたいな風なんか世界中になくてもいいんだぞ）、うわあい。」

「失敬したよ、だってあんまりきみもぼくへいじわるをするもんだから。」

又三郎は少し目をパチパチさせて、気の毒そうに言いました。けれども耕助のいかりは、なかなか解けませんでした。そして三度同じことをくりかえしたのです。

「うわい又三郎、風などあ世界中になくてもいいな、うわい。」

すると三郎は、少しおもしろくなったようで、またくつくつ笑いだしてたずねました。

「風が世界中になくってもいいってどういうんだい。いいと箇条をたてていってごらん。

そら。」

　又三郎は先生みたいな顔つきをして指を一本だしました。

　耕助は試験のようだし、つまらないことになったと思って、たいへんくやしかったのですが、しかたなくしばらく考えてから言いました。

「うなど悪戯ばりさな、傘ぶっ壊したり（おまえなんか、いたずらばかりだな、傘こわしたり）。」

「それからそれから。」

　又三郎はおもしろそうに、一足進んで言いました。

「それがら木折ったり転覆したりさな（たおしたりするしな）。」

「それから、それからどうだい。」

「家もぶっ壊さな。」

「それからそれから、あとはどうだい。」

「あかし（あかり）も消さな。」

「それからあとは？　それからあとは？　どうだい。」

「シャップ（帽子）もとばさな。」

「それから？　それからあとは？　あとはどうだい。」

「笠もとばさな。」

「それからそれから。」

「それがら、うう、電信ばしらも倒さな。」

「それから？　それから？　それから？」

「それがら屋根もとばさな。」

「アアハハハ、屋根は家のうちだい。どうだいまだあるかい。それから、それから？」

「それだがら、うう、それだからランプも消さな。」

「アアハハハハ、ランプはあかしのうちだい。けれどそれだけかい。え、おい。それから？　それからそれから。」


　耕助はつまってしまいました。たいていもう言ってしまったのですから、いくら考えてもうできませんでした。

　又三郎はいよいよおもしろそうに、指を一本立てながら、「それから？　それから？

え？　それから？」と言うのでした。

耕助は顔を赤くして、しばらく考えてからやっと答えました。

「風車もぶっ壊さな。」

すると又三郎は、こんどこそはまるで飛びあがって、笑ってしまいました。みんなも笑いました。笑って笑って笑いました。

又三郎はやっと笑うのをやめて言いました。

「そらごらん、とうとう風車などを言っちゃったろう。風車なら風を悪く思っちゃいないんだよ。もちろん時々こわすこともあるけれども、回してやるときのほうがずっと多いんだ。風車ならちっとも風を悪く思っていないんだ。それに第一、お前のさっきからの数えようはあんまりおかしいや。うう、うう、ばかりいったんだろう。おしまいに、とうとう風車なんか数えちゃった。ああおかしい。」

又三郎はまた涙の出るほど笑いました。

耕助もさっきからあんまり困ったために、おこっていたのもだんだん忘れてきました。そしてつい三郎といっしょに笑いだしてしまったのです。すると又三郎もすっかりきげんを直して、「耕助君、いたずらをして済まなかったよ。」と言いました。

「さあそれであ行ぐべな。」と一郎は言いながら、又三郎にぶどうを五ふさばかりくれました。

又三郎は白い栗をみんなに二つずつ分けました。そしてみんなは下の道までいっしょにおりて、あとはめいめいのうちへ帰ったのです。

九月七日

次の朝は霧がじめじめ降って、学校のうしろの山もぼんやりしか見えませんでした。ところが、きょうも二時間目ころからだんだん晴れて、まもなく空はまっ青になり、日はかんかん照って、お昼になって、三年生から下が下がってしまうと、まるで夏のように暑くなってしまいました。

昼すぎは先生もたびたび教壇で汗をふき、四年生の習字も五年生六年生の図画も、まるでむし暑くて、書きながらうとうとするのでした。

授業がすむと、みんなはすぐ川下のほうへそろってでかけました。

嘉助が、「又三郎、水あびに行がないが。小さいやづど今ころみんな行ってるぞ。」と言いましたので、又三郎もついていきました。

そこはこの前、上の野原へ行ったところよりも、も少し下流で、右のほうからも一つの谷川がはいってきて、少し広い河原になり、すぐ下流は大きなさいかち（するどい刺をもつ木）の木の生えた崖になっているのでした。

「おおい。」とさきに来ている子どもらが、はだかで両手をあげてさけびました。

一郎やみんなは、河原のねむの木のあいだを、まるで徒競走のように走って、いきなりきものをぬぐと、すぐどぶんどぶんと水に飛び込んで、両足をかわるがわる曲げて、だあんだあんと水をたたくようにしながら、ななめにならんで、むこう岸へ泳ぎはじめました。

前にいた子どもらも、あとから追いついて、泳ぎはじめました。

又三郎もきものをぬいで、みんなのあとから泳ぎはじめましたが、とちゅうで声をあげてわらいました。

するとむこう岸についた一郎が、髪をあざらしのようにして、くちびるを紫にしてわくわくふるえながら、「わあ又三郎、何してわらった。」と言いました。

三郎はやっぱりふるえながら水からあがって、「この川冷たいなあ。」と言いました。

「又三郎何してわらった？」

一郎はまたききました。

「おまえたちの泳ぎ方はおかしいや。なぜ足をだぶだぶ鳴らすんだい。」と言いながら、また笑いました。

「うわあい。」と一郎は言いましたが、なんだかきまりが悪くなったように、「石取りさないが（石取りしないか？）。」と言いながら、白い丸い石をひろいました。

「するする。」

子どもらがみんなさけびました。

おれそれであ、あの木の上から落とすがらな、と一郎は言いながら、崖の中ごろから出ているさいかちの木へ、するするのぼって行きました。

そして、「さあ落とすぞ。一二三。」と言いながら、その白い石をどぶーん、と淵へ落としました。

みんなはわれ勝ちに、岸からまっさかさまに水にとび込んで、青白いらっこ(水の中にいる動物)のような形をして底へもぐって、その石をとろうとしました。

けれどもみんな底まで行かないに、息がつまって浮かびだしてきて、かわるがわるふうと空へ霧をふきました。

又三郎はじっとみんなのするのを見ていましたが、みんなが浮かんできてから、じぶんもどぶんとはいっていきました。けれどもやっぱり底まで届かずに浮いてきたので、みんなはどっと笑いました。そのときむこうの河原のねむの木のところを、大人が四人、肌ぬぎになったり、網をもったりして、こっちへ来るのでした。

すると一郎は、木の上でまるで声をひくくして、みんなにさけびました。

「おお、発破(爆薬を使って爆発させること。爆発で魚の気をうしなわせてとることがある)だぞ。知らないふりしてろ。石とりやめで、早ぐみんな下流さ さがれ。」

そこでみんなは、なるべくそっちを見ないふりをしながら、いっしょに下流のほうへ泳ぎました。

一郎は、木の上で手を額にあてて、もう一度よく見きわめてから、どぶんとさかさまに淵へ飛びこみました。それから水を潜って、一ぺんにみんなへ追いついたのです。みんなは淵の下流の、瀬になったところに立ちました。

「知らないふりして遊んでろ。みんな。」

一郎が言いました。みんなは砥石をひろったり、せきれい（川べりにいる鳥）を追ったりして、発破のことなぞ、すこしも気がつかないふりをしていました。

するとむこうの淵の岸では、下流の坑夫をしていた庄助が、しばらくあちこち見まわしてから、いきなりあぐらをかいて、砂利の上へすわってしまいました。それからゆっくり腰からたばこ入れをとって、きせるをくわえて、ぱくぱく煙をふきだしました。奇体だと思っていましたら、また腹かけから何か出しました。

「発破だぞ、発破だぞ。」とみんなさけびました。

一郎は手をふってそれをとめました。庄助は、きせるの火を、しずかにそれへうつしました。うしろにいた一人は、すぐ水にはいって、網をかまえました。庄助は、まるで落ちついて、立って一あし水にはいると、すぐその持ったものを、さいかちの木の下のところへ投げこみました。するとまもなく、ぼおというようなひどい音がして、水はむくっと盛りあがり、それからしばらく、そこらあたりがきいんと鳴りました。

むこうの大人たちは、みんな水へはいりました。

「さあ、流れてくるぞ。みんなとれ。」と一郎が言いました。

まもなく耕助は、小指ぐらいの茶いろなかじか（川にいる魚）が、横向きになって流れてきたのを、つかみましたし、そのうしろでは嘉助が、まるで瓜をすするときのような声を出しました。それは六寸（約18センチメートル）ぐらいある鮒をとって、顔をまっ赤にしてよろこんでいたのです。それからみんなとって、わあわあよろこびました。

「だまってろ、だまってろ。」

一郎が言いました。

そのときむこうの白い河原を、肌ぬぎになったり、シャツだけ着たりした大人が、五、六人かけてきました。そのうしろからは、ちょうど活動写真のように、一人の網シャツを着た人が、はだか馬に乗って、まっしぐらに走ってきました。みんな発破の音を聞いて、見にきたのです。

庄助は、しばらく腕を組んで、みんなのとるのを見ていましたが、「さっぱりいないな。」と言いました。

すると又三郎が、いつのまにか庄助のそばへ行っていました。

そして中くらいの鮒を二匹、「魚返すよ。」といって河原へ投げるように置きました。

すると庄助が、「なんだこの童あ、きたいなやづだな（なんだこの子は、へんなやつだな）。」と言いながら、じろじろ又三郎を見ました。

又三郎はだまってこっちへ帰ってきました。

庄助は変な顔をして見ています。みんなはどっとわらいました。

庄助はだまって、また上流へ歩きだしました。ほかのおとなたちもついていき、網シャツの人は、馬に乗って、またかけていきました。

耕助が泳いでいって、三郎の置いてきた魚を持ってきました。みんなはそこでまたわらいました。

「発破かけだら、雑魚撒かせ。」

嘉助が河原の砂っぱの上で、ぴょんぴょんはねながら、高くさけびました。

みんなは、とった魚を、石で囲んで、小さな生け州をこしらえて、生きかえっても、もう逃げていかないようにして、また上流のさいかちの木へのぼりはじめました。

ほんとうに暑くなって、ねむの木もまるで夏のようにぐったり見えましたし、空もまるで底なしの淵のようになりました。

そのころだれかが、「あ、生け州ぶっこわすとこだぞ。」とさけびました。見ると、一人の変に鼻のとがった、洋服を着てわらじをはいた人が、手にはステッキみたいなものをもって、みんなの魚を、ぐちゃぐちゃかきまわしているのでした。

「あ、あいづ専売局だぞ。専売局だぞ。」

佐太郎が言いました。

「又三郎、うなのとった煙草の葉めっけたんだで、うな、連れでぐさ来たぞ（おまえのとった煙草の葉をみつけたんだ。おまえを連れていきにきたぞ）。」

嘉助が言いました。

「なんだい。こわくないや。」

又三郎はきっと口をかんで、言いました。

「みんな又三郎のごと囲んでろ、囲んでろ。」と一郎が言いました。

そこでみんなは、又三郎をさいかちの木のいちばん中の枝に置いて、まわりの枝にすっかり腰かけました。

その男は、こっちへびちゃびちゃ岸をあるいてきました。

「来た来た来た来た来た来たっ。」とみんなは息をこらしました。

ところがその男は、別に、又三郎をつかまえるふうでもなく、みんなの前を通りこして、それから淵のすぐ上流の浅瀬を渡ろうとしました。それもすぐに川をわたるでもなく、いかにもわらじや脚絆のきたなくなったのを、そのまま洗うというふうに、もう何べんも行ったり来たりするもんですから、みんなはだんだんこわくなくなりましたが、そのかわり気持ちが悪くなってきました。

そこで、とうとう一郎が、言いました。

「お、おれ先にさけぶから、みんなあとから、一二三でさけぶこだ。いいか。

あんまり川をにごすなよ、

いつでも先生言うでないか。一、二い、三。」

「あんまり川をにごすなよ、

いつでも先生言うでないか。」

その人は、びっくりしてこっちを見ましたけれども、何を言ったのか、よくわからないというようすでした。そこでみんなはまた言いました。

「あんまり川をにごすなよ、
いつでも先生、言うでないか。」

鼻のとがった人は、すぱすぱと、煙草を吸うときのような口つきで言いました。

「この水飲むのか、ここらでは。」

「あんまり川をにごすなよ、
いつでも先生言うでないか。」

鼻のとがった人は、少し困ったようにして、また言いました。

「川をあるいてわるいのか。」

「あんまり川をにごすなよ、
いつでも先生言うでないか。」

その人は、あわてたのをごまかすように、わざとゆっくり、川をわたって、それから、アルプスの探険みたいな姿勢をとりながら、青い粘土と赤砂利の崖をななめにのぼって、崖の上のたばこ畑へはいってしまいました。

すると又三郎は、「なんだい、ぼくを連れにきたんじゃないや。」と言いながら、まっさきにどぶんと淵へとび込みました。

みんなもなんだか、その男も又三郎も気の毒なような、おかしながらんとした気持ちになりながら、一人ずつ木からはねおりて、河原に泳ぎついて、魚を手ぬぐいにつつんだり、手にもったりして、家に帰りました。

九月八日

次の朝、授業の前、みんなが運動場で鉄棒にぶらさがったり、棒かくしをしたりしていますと、少し遅れて佐太郎が、何かを入れた笊をそっとかかえてやってきました。

「なんだ、なんだ。なんだ。」とすぐみんな走っていって、のぞき込みました。

すると佐太郎は、袖でそれをかくすようにして、急いで学校の裏の岩穴のところへ、行きました。みんなはいよいよあとを追っていきました。

一郎がそれをのぞくと、思わず顔いろを変えました。

それは魚の毒もみ（毒を川に流して、しびれた魚をとる方法）に使う山椒の粉で、それを使うと、発破と同じように、巡査におさえられるのでした。ところが佐太郎は、それを岩穴の横の萱の中へかくして、知らない顔をして運動場へ帰りました。

そこでみんなは、ひそひそ時間になるまで、ひそひそその話ばかりしていました。

その日も十時ごろから、やっぱりきのうのように暑くなりました。みんなはもう授業のすむのばかり待っていました。

二時になって五時間目が終わると、もうみんな一目散に飛びだしました。

佐太郎もまた笊をそっと袖でかくして、耕助だのみんなに囲まれて、河原へ行きました。

三郎は嘉助と行きました。みんなは町の祭りのときの、ガスのようなにおいの、むっとするねむの河原を急いで抜けて、いつものさいかち淵に着きました。

すっかり夏のようなりっぱな雲の峰が、東でむくむく盛りあがり、さいかちの木は、青く光って見えました。

みんな急いで着物をぬいで、淵の岸に立つと、佐太郎が一郎の顔を見ながら言いました。

「ちゃんと一列にならべ。いいか、魚浮いてきたら泳いでいってとれ。とったくらいやるぞ（とっただけやるぞ）。いいか。」

小さな子どもらはよろこんで、顔を赤くして、押しあったりしながら、ぞろっと淵を囲みました。

ぺ吉だの三、四人は、もう泳いで、さいかちの木の下まで行って待っていました。

佐太郎、大いばりで、上流の瀬に行って、笊をじゃぶじゃぶ水で洗いました。

みんなしいんとして、水を見つめて立っていました。

又三郎は水を見ないで、むこうの雲の峰の上を通る、黒い鳥を見ていました。一郎も河原にすわって、石をこちこちたたいていました。

ところが、それからよほどたっても、魚は浮いてきませんでした。

佐太郎はたいへんまじめな顔で、きちんと立って水を見ていました。きのう発破をかけたときなら、もう十匹もとっていたんだと、みんなは思いました。またずいぶんしばらくみんなしいんとして待ちました。けれどもやっぱり、魚は一匹も浮いてきませんでした。

「さっぱり魚、浮かばないな。」

耕助がさけびました。佐太郎はびくっとしましたけれども、まだ一しんに水を見ていました。

「魚さっぱり浮かばないな。」

ぺ吉がまたむこうの木の下で言いました。するともう、みんなはがやがやと言いだして、みんな水に飛び込んでしまいました。

佐太郎は、しばらくきまり悪そうに、しゃがんで水を見ていましたけれど、とうとう立って、「鬼っこ（オニごっこ）しないか。」と言った。

「する、する。」

みんなはさけんで、じゃんけんをするために、水の中から手を出しました。泳いでいたものは、急いでせいの立つところまで行って、手を出しました。

一郎も河原から来て手を出しました。そして一郎は、はじめに、きのうあの変な鼻のとがった人の上って行った崖の下の、青いぬるぬるした粘土のところを根っこにきめました。そこに取りついていれば、鬼はおさえることができないというのでした。それから、はさみなしの一人まけかちで、じゃんけんをしました。

ところが悦治は、ひとりはさみを出したので、みんなにうんとはやされたほかに鬼になった。悦治はくちびるを紫いろにして、河原を走って、喜作をおさえたので、鬼は二人になりました。それからみんなは、砂っぱの上や淵を、あっちへ行ったりこっちへ来たり、おさえたりおさえられたり、何べんも鬼っこをしました。

しまいにとうとう、又三郎一人が鬼になりました。又三郎はまもなく吉郎をつかまえました。みんなはさいかちの木の下にいて、それを見ていました。

すると又三郎が、「吉郎君、きみは上流から追ってくるんだよ、いいか。」と言いながら、じぶんはだまって立って見ていました。

吉郎は口をあいて手をひろげて、上流から粘土の上を追ってきました。

みんなは淵へ飛び込むしたくをしました。一郎は楊の木にのぼりました。そのとき吉郎が、あの上流の粘土が、足についていたために、みんなの前ですべってころんでしまいました。

みんなは、わあわあ叫んで、吉郎をはねこえたり、水にはいったりして、上流の青い粘土の根に、上がってしまいました。

「又三郎、来（来い）。」

嘉助は立って、口を大きくあいて、手をひろげて、又三郎をばかにしました。

すると又三郎は、さっきからよっぽどおこっていたと見えて、「ようし、見ていろよ。」と言いながら、本気になって、ざぶんと水に飛び込んで、一生けん命、そっちのほうへ泳いでいきました。

又三郎の髪の毛が赤くてばしゃばしゃしているのに、あんまり長く水につかって、くちびるもすこし紫いろなので、子どもらはすっかりこわがってしまいました。

第一、その粘土のところはせまくて、みんながはいれなかったのに、それにたいへんつるつるすべる坂になっていましたから、下のほうの四、五人などは、上の人につかまるようにして、やっと川へすべり落ちるのをふせいでいたのでした。一郎だけが、いちばん上で落ちついて、さあ、みんな、とかなんとか相談らしいことをはじめました。みんなもそこで、頭をあつめて聞いています。又三郎は、ぼちゃぼちゃ、もう近くまで行きました。みんなは、ひそひそ、はなしています。すると又三郎は、いきなり両手で、みんなへ水をかけ出しました。みんながばたばた防いでいましたら、だんだん粘土がすべってきて、なんだかすこうし下へずれたようになりました。

又三郎はよろこんで、いよいよ水をはねとばしました。

するとみんなは、ぼちゃんぼちゃんと一度にすべって落ちました。又三郎は、それを片っぱしからつかまえました。一郎もつかまりました。嘉助がひとり、上をまわって泳いで逃げましたら、又三郎はすぐに追いついておさえたほかに、腕をつかんで、四、五へんぐるぐる引っぱりまわしました。嘉助は水を飲んだと見えて、霧をふいて、ごぼごぼむせて、「おいらもうやめた。こんな鬼っこもうしない。」と言いました。小さな子どもらは、みんな砂利に上がってしまいました。

又三郎は、ひとりさいかちの木の下に立ちました。

ところが、そのときはもう、空がいっぱいの黒い雲で、楊も変に白っぽくなり、山の草はしんしんとくらくなり、そこらはなんとも言われない、恐ろしい景色にかわっていました。

そのうちに、いきなり上の野原のあたりで、ごろごろごろと雷が鳴りだしました。と思うと、まるで山つなみのような音がして、一ぺんに夕立がやってきました。風までひゅうひゅう吹きだしました。

淵の水には、大きなぶちぶちがたくさんできて、水だか石だかわからなくなってしまいました。

みんなは河原から着物をかかえて、ねむの木の下へ逃げこみました。すると又三郎もなんだかはじめてこわくなったと見えて、さいかちの木の下からどぼんと水へはいって、みんなのほうへ泳ぎだしました。

すると、だれともなく、

「雨はざっこざっこ雨三郎、
風はどっこどっこ又三郎。」

とさけんだものがありました。

みんなもすぐ声をそろえて、さけびました。

「雨はざっこざっこ雨三郎、
風はどっこどっこ又三郎。」

すると又三郎はまるであわてて、何かに足をひっぱられるように、淵からとびあがって、一目散にみんなのところに走ってきて、がたがたふるえながら、「いまさけんだのは、おまえらだちかい（おまえたちか？）。」とききました。

「そでない、そでない（そうじゃない、そうじゃない）。」

みんないっしょにさけびました。

ぺ吉がまた一人出てきて、「そでない。」と言いました。

又三郎は、気味悪そうに川のほうを見ていましたが、色のあせたくちびるを、いつものようにきっとかんで、「なんだい。」と言いましたが、からだはやはりがくがくふるえていました。

そしてみんなは、雨の晴れ間を待って、めいめいのうちへ帰ったのです。

九月十二日　第十二日

「どっどど　どどうど　どどうど　どどう

青いくるみも、吹きとばせ
すっぱいかりんも、吹きとばせ
どっどど　どどうど　どどうど　どどう
どっどど　どどうど　どどうど　どどう」

先ごろ、又三郎からきいたばかりのあの歌を、一郎は夢の中でまたきいたのです。

びっくりしてはね起きてみると、外ではほんとうにひどく風が吹いて、林はまるでほえるよう、あけがた近くの青ぐろい、うすあかりが、障子や棚の上のちょうちん箱や、家じゅういっぱいでした。

一郎はすばやく帯をして、そして下駄をはいて土間をおり、馬屋の前をとおってくぐりをあけましたら、風がつめたい雨の粒といっしょにどうとはいってきました。

馬屋のうしろのほうで何か戸がばたっと倒れ、馬はぶるっと鼻を鳴らしました。

一郎は、風が胸の底までしみ込んだように思って、はあと息を強く吐きました。そして外へかけだしました。

外はもうよほど明るく、土はぬれておりました。家の前の栗の木の列は、変に青く白く見えて、それがまるで風と雨とで、今、洗濯をするとでもいうように、激しくもまれていました。

青い葉もいく枚も吹きとばされ、ちぎられた青い栗のいがは、黒い地面にたくさん落ちていました。空では雲がけわしい灰色に光り、どんどんどんどん北のほうへ吹きとばされていました。

遠くのほうの林は、まるで海が荒れているように、ごとんごとんと鳴ったり、ざっと聞こえたりするのでした。一郎は、顔いっぱいに冷たい雨の粒を投げつけられ、風に着物をもって行かれそうになりながら、だまってその音をききすまし、じっと空を見上げました。すると胸がさらさらと波をたてるように思いました。けれどもまたじっと、その鳴ってほえてうなって、かけていく風を見ていますと、今度は胸がどかどかとなってくるのでした。

きのうまで、丘や野原の空の底に澄みきってしんとしていた風が、今朝夜あけ方、にわかにいっせいにこう動きだして、どんどんどんどんタスカロラ海床（日本列島の東北にある海の深いところ）の北のはじをめがけて行くことを考えますと、もう一郎は顔がほてり、息もはあ、はあ、なって自分までがいっしょに、空を翔けていくような気持ちになって、大急ぎでうちの中へはいると、胸を一ぱいはって、息をふっと吹きました。

「ああひで風だ（ひどい風だ）。きょうはたばこも栗もすっかりやらえる。」と一郎のおじいさんがくぐりのところに立って、じっと空を見ています。一郎は急いで井戸からバケツに水を一ぱいくんで、台所をぐんぐんふきました。

それから金だらいを出して、顔をぶるぶる洗うと、戸棚から冷たいごはんとみそをだして、まるで夢中でざくざく食べました。

「一郎、いまお汁（みそ汁）できるから少し待ってだらよ（待っていなさい）。なして今朝そったに早く学校へ行がないやないがべ（なんで今朝はそんなに早く学校に行かなきゃいけないのかい）。」

お母さんは、馬にやる【一字空白】を煮るかまどに、木を入れながらききました。

「うん。又三郎は飛んでったがもしれないもや（又三郎は飛んでいったかもしれないから）。」

「又三郎って何だてや。鳥こだてが（鳥なのかい？）。」

「うん。又三郎っていうやづよ。」

一郎は急いでごはんをしまうと、椀をこちこち洗って、それから台所の釘にかけてある油合羽を着て、下駄はもって、はだしで嘉助をさそいに行きました。

嘉助はまだ起きたばかりで、「いまごはんをたべて行ぐがら。」と言いましたので、一郎はしばらく馬屋の前で待っていました。

まもなく嘉助は小さい簑を着て出てきました。

はげしい風と雨にぐしょぬれになりながら、二人はやっと学校へきました。昇降口からはいって行きますと、教室はまだしいんとしていましたが、ところどころの窓のすきまから雨がはいって、板はまるでざぶざぶしていました。

一郎はしばらく教室を見まわしてから、「嘉助、二人して水掃ぐべな。」と言ってしゅろ箒をもってきて、水を窓の下の穴へはき寄せていました。

するともうだれか来たのかというように、奥から先生が出てきましたが、ふしぎなことは先生があたりまえの単衣を着て、赤いうちわをもっているのです。

「たいへん早いですね。あなたがた二人で教室のそうじをしているのですか。」

先生がききました。

「先生お早うございます。」

一郎が言いました。

「先生お早うございます。」と嘉助も言いましたが、すぐ、「先生、又三郎きょうくるのすか。」とききました。

先生はちょっと考えて、

「又三郎って高田さんですか。ええ、高田さんはきのうお父さんといっしょに、もうほかへ行きました。日曜なので、みなさんにごあいさつするひまがなかったのです。」

「先生、飛んでいったのですか。」

嘉助がききました。

「いいえ、お父さんが会社から電報で呼ばれたのです。お父さんは、もいちど、ちょっとこっちへ戻られるそうですが、高田さんは、やっぱりむこうの学校にはいるのだそうです。むこうにはお母さんもおられるのですから。」

「何して会社で呼ばったべす（なんで会社から呼ばれたんですか？）。」と一郎がききました。

「ここのモリブデンの鉱脈は、当分手をつけないことになったためなそうです。」

「そうだないな。やっぱりあいづは風の又三郎だったな。」

嘉助が高くさけびました。

宿直室のほうで何かごとごと鳴る音がしました。先生は赤いうちわをもって、急いでそっちへ行きました。

二人はしばらくだまったまま、相手がほんとうにどう思っているか、探るように顔を見合わせたまま立ちました。

風はまだやまず、窓ガラスは雨つぶのために曇りながら、またがたがた鳴りました。

祭の晩

山の神の秋の祭りの晩でした。

亮二は新しい水色のしごきをしめて、それに十五銭もらって、お旅屋にでかけました。「空気獣」という見世物が大繁盛でした。

それは、髪を長くして、だぶだぶのずぼんをはいたあばたな男が、小屋の幕の前に立って、「さあ、みんな、入れ入れ」と大いばりでどなっているのでした。

亮二が思わず看板の近くまで行きましたら、いきなりその男が、「おい、あんこ（男の子）、早ぐ入れ。銭は戻りでいいから」と亮二にさけびました。亮二は思わず、つっと木戸口を入ってしまいました。

すると小屋の中には、高木の甲助だの、だいぶしっている人たちが、みんなおかしいようなまじめなような顔をして、まん中の台の上を見ているのでした。

台の上に空気獣が、ねばりついていたのです。それは大きな平べったいふらふらした白いもので、どこが頭だか口だかわからず、口上言いがこっち側から棒でつっつくと、そこは引っこんでむこうがふくれ、むこうをつつくとこっちがふくれ、まん中を突くとまわりが一たいふくれました。

亮二は見っともないので、急いで外へ出ようとしましたら、土間のくぼみに下駄がはいってあぶなく倒れそうになり、隣のがんじょうそうな大きな男にひどくぶっつかりました。びっくりして見上げましたら、それは古い白縞の単物に、へんな簑のようなものを着た、顔の骨ばって赤い男で、むこうもおどろいたように、亮二を見おろしていました。

その眼はまん円ですすけたような黄金いろでした。亮二が不思議がって、しげしげ見ていましたら、にわかにその男が、目をぱちぱちっとして、それから急いでむこうをむいて、木戸口の方に出ました。亮二もついていきました。

その男は木戸口で、堅く握っていた大きな右手をひらいて、十銭の銀貨を出しました。亮二も同じような銀貨を木戸番にわたして、外へ出ましたら、いとこの達二に会いました。

その男の広い肩は、みんなの中に見えなくなってしまいました。

達二はその見世物の看板を指さしながら、声をひそめて言いました。

「お前はこの見世物にはいったのかい。こいつはね、空気獣だなんていってるが、実はね、牛の胃袋に空気をつめたものだそうだよ。こんなものにはいるなんて、おまえはばかだな」

亮二がぼんやりそのおかしな形の空気獣の看板を見ているうちに、達二がまた言いました。

「おいらは、まだおみこしさんを拝んでいないんだ。あしたまた会うぜ」

そして片あしで、ぴょんぴょん跳ねて、人ごみの中にはいってしまいました。

亮二も急いでそこをはなれました。

その辺一ぱいにならんだ屋台の青いりんごやぶどうが、アセチレン（虫よけに使われたガスのようなもの）のあかりできらきら光っていました。

亮二は、アセチレンの火は青くてきれいだけれども、どうも大蛇のような悪いにおいがある、などと思いながら、そこを通り抜けました。

向こうの神楽殿には、ぼんやり五つばかりのちょうちんがついて、これからおかぐらがはじまるところらしく、てびらがね（むかしの打楽器）だけしずかに鳴っておりました。（昌一もあのかぐらに出る）と亮二は思いながら、しばらくぼんやりそこに立っていました。

そしたらむこうのひのきの陰の暗い掛け茶屋（お茶やおかしをだすお店）の方で、なにか大きな声がして、みんながそっちへ走っていきました。

　亮二も急いでかけていって、みんなの横からのぞき込みました。するとさっきの大きな男が、髪をもじゃもじゃして、しきりに村の若い者にいじめられているのでした。額から汗を流して、なんべんも頭を下げていました。

　何か言おうとするのでしたが、どうもひどくどもってしまって、ことばが出ないようすでした。

　てかてか髪をわけた村の若者が、みんなが見ているので、いよいよ勢いよくどなっていました。

「貴様んみたいな、よそから来たものに、ばかにされてたまっか。早く銭を払え、銭を。ないのか、この野郎。ないならなして（なんで）物食った。こら」

　男はひどくあわてて、どもりながらやっと言いました。

「た、た、たきぎ百把（たば）持ってきてやるがら」

　掛け茶屋の主人は、耳が少し悪いとみえて、それをよく聞きとりかねて、かえって大声で言いました。

「何だと。たった二串だと。あたりまえさ。団子の二串やそこら、くれてやってもいいのだが、おれはどうもきさまの物言いが気に食わないのでな。やい。何つうつらだ。こら、貴さん」

男は汗をふきながら、やっとまた言いました。

「たきぎをあとで百把持ってきてやっから、許してくれろ」

すると若者が怒ってしまいました。

「うそをつけ、この野郎。どこの国に、団子二串にたきぎ百把払うやづがあっか。全体きさんどこのやつだ」

「そ、そ、そ、そいつはとても言われない。許してくれろ」

男は黄金いろの目をぱちぱちさせて、汗をふきふき言いました。いっしょに涙もふいたようでした。

「ぶんなぐれ、ぶんなぐれ」

誰かがさけびました。

亮二はすっかりわかりました。

（ははあ、あんまり腹がすいて、それにさっき空気獣で十銭払ったので、あともう銭のないのも忘れて、団子を食ってしまったのだな。泣いている。悪い人でない。かえって正直な人なんだ。よし、ぼくが助けてやろう）

亮二はこっそりがま口から、ただ一枚残った白銅（五銭のお金）を出して、それを堅く握って、知らないふりをしてみんなを押しわけて、その男のそばまで行きました。

男は首をたれ、手をきちんとひざまで下げて、一生けん命口の中でなにかもにゃもにゃ言っていました。

亮二はしゃがんで、その男の草履をはいた大きな足の上に、だまって白銅を置きました。すると男はびっくりした様子で、じっと亮二の顔を見おろしていましたが、やがていきなりかがんでそれを取るやいなや、主人の前の台にぱちっと置いて、大きな声でさけびました。

「そら、銭を出すぞ。これで許してくれろ。たきぎを百把あとで返すぞ。栗を八斗あとで返すぞ」

言うが早いか、いきなり若者やみんなをつきのけて、風のように外へにげ出してしまいました。

「山男だ、山男だ」

みんなはさけんで、がやがやあとを追おうとしましたが、もうどこへ行ったか、影もかたちも見えませんでした。

風がごうごうっと吹きだし、まっ黒なひのきがゆれ、掛け茶屋のすだれは飛び、あちこちのあかりは消えました。

かぐらの笛がそのときはじまりました。けれども亮二はもうそっちへは行かないで、ひとりたんぼの中のほの白い道を、急いで家の方へ帰りました。早くおじいさんに山男の話を聞かせたかったのです。ぼんやりしたすばるの星がもうよほど高くのぼっていました。

家に帰って、馬屋の前から入っていきますと、おじいさんはたった一人、いろりに火をたいて枝豆をゆでていましたので、亮二は急いでそのむこう側に座って、さっきのことをみんな話しました。おじいさんは、はじめはだまって亮二の顔を見ながら聞いていましたが、おしまいとうとう笑いだしてしまいました。

「ははあ、そいつは山男だ。山男というものは、ごく正直なもんだ。おれも霧のふかいと

き、たびたび山で遭ったことがある。しかし山男が祭を見にきたことは今度はじめてだろう。はっはっは。いや、いままでもきていても見つからなかったのかな」

「おじいさん、山男は山で何をしているのだろう」

「そうさ、木の枝で狐わなをこさえたりしてるそうだ。こういう太い木を一本、ずうっと曲げて、それをもう一本の枝でやっとおさえておいて、その先へ魚などぶら下げて、狐だの熊だの取りにくると、枝にあたってばちんとはねかえって、殺すようにしかけたりしているそうだ」

　そのとき、おもての方で、どしんがらがら

がらっという大きな音がして、家は地震のときのようにゆれました。亮二は思わずおじいさんにすがりつきました。おじいさんも少し顔色を変えて、急いでランプを持って外に出ました。

亮二もついていきました。ランプは風のためにすぐに消えてしまいました。

そのかわり、東の黒い山から大きな十八日の月が静かに登ってきたのです。

見ると家の前の広場には、太いたきぎが山のように投げ出されてありました。太い根や枝までついた、ぼりぼりに折られた太いたきぎでした。おじいさんはしばらくあきれたように、それをながめていましたが、にわかに手を叩いて笑いました。

「はっはっは、山男がたきぎをお前に持ってきてくれたのだ。おれはまたさっきの団子屋にやるということだろうと思っていた。山男もずいぶん賢いもんだな」

亮二はたきぎをよく見ようとして、一足そっちへ進みましたが、たちまち何かに滑ってころびました。見るとそこらいちめん、きらきらきらする栗の実でした。亮二は起きあがってさけびました。

「おじいさん、山男は栗も持ってきたよ」

おじいさんもびっくりして言いました。

「栗まで持ってきたのか。こんなにもらうわけにはいかない。今度何か山へ持っていって置いてこよう。一番着物がよかろうな」

亮二はなんだか、山男がかあいそうで、泣きたいようなへんな気もちになりました。

「おじいさん、山男はあんまり正直でかあいそうだ。ぼく何かいいものをやりたいな」

「うん、今度夜具を一枚持っていってやろう。山男は夜具を綿入れの代わりに着るかもしれない。それから団子も持っていこう」

亮二はさけびました。

「着物と団子だけじゃつまらない。もっともっといいものをやりたいな。山男がうれしがって、泣いてぐるぐるはねまわって、それからからだが天に飛んでしまうくらい、いいものをやりたいなあ」

おじいさんは消えたランプを取りあげて、「うん、そういういいものあればなあ。さあ、うちへ入って豆をたべろ。そのうちに、おとうさんも隣から帰るから」と言いながら、家の中にはいりました。

亮二はだまって青いななめなお月さまをながめました。
風が山の方で、ごうっと鳴っております。

北守将軍と三人兄弟の医者

一、三人兄弟の医者

むかしラユーという都に、兄弟三人の医者がいた。いちばん上のリンパーは、普通の人の医者だった。その弟のリンプーは、馬や羊の医者だった。いちばん末のリンポーは、草だの木だのの医者だった。そして兄弟三人は、町のいちばん南にあたる、黄いろな崖のとっぱなへ、青い瓦の病院を、三つならべて建てていて、てんでに白や朱の旗を、風にぱたぱたいわせていた。

坂のふもとで見ていると、うるしにかぶれた坊さんや、少しびっこをひく馬や、しおれかかった牡丹の鉢を、車につけて引く園丁や、いんこを入れた鳥籠や、次から次とのぼっていって、さて坂上に行き着くと、病気の人は、左のリンパー先生へ、馬や羊や鳥類は、中のリンプー先生へ、草木をもった人たちは、右のリンポー先生へ、三つにわかれて入るのだった。

さて三人は三人とも、じつに医術もよくできて、また仁心もそうとうあって、たしかにもはや名医の類であったのだが、まだいい機会がなかったために、別に位もなかったし、遠くへ名前も聞こえなかった。ところがとうとうある日のこと、ふしぎなことがおこってきた。

二、北守将軍ソンバーユー

　ある日のちょうど日の出ごろ、ラユーの町の人たちは、はるかな北の野原の方で、鳥か何かがたくさん群れて、声をそろえて鳴くような、おかしな音を、ときどききいた。はじめはだれも気にかけず、店を掃いたりしていたが、朝めしすこしすぎたころ、だんだんそれが近づいて、みんなりっぱなチャルメラや、ラッパの音だとわかってくると、町中にわかにざわざわした。その間にはぱたぱたいう、太鼓の類の音もする。もう商人も職人も、仕事がすこしも手につかない。門を守った兵隊たちは、まず門をみなしっかりとざし、町をめぐった壁の上には、見張りの者をならべておいて、それからお宮へ知らせを出した。

　そしてその日の昼ちかく、ひづめの音や鎧の気配、また号令の声もして、むこうはすっかり、この町を、囲んでしまった模様であった。

番兵たちや、あらゆる町の人たちが、まるでどきどきやりながら、矢を射る穴からのぞいてみた。壁の外から北の方、まるで雲霞の軍勢だ。ひらひら光る三角旗や、ほこがさながら林のようだ。ことになんとも奇体なことは、兵隊たちが、みな灰いろでぼさぼさして、なんだか煙のようなのだ。するどい目をして、ひげが二いろまっ白な、せなかのまがった大将が、しっぽがほうきのかたちになって、うしろにぴんとのびている白馬に乗って先頭に立ち、大きな剣を空にあげ、声高々とうたっている。

「北守将軍ソンバーユーは
いま塞外の砂漠から
やっとのことでもどってきた。
勇ましい凱旋だと言いたいが
じつはすっかりまいってきたのだ。
とにかくあすこは寒いところさ。

三十年という黄いろなむかし
おれは十万の軍勢をひきい
この門をくぐっていばって行った。
それからどうだもう見るものは空ばかり
風は乾いて砂を吹き
雁さえ干せてたびたび落ちた
おれはその間馬でかけ通し
馬がつかれてたびたびペタンと座り
涙をためてはじっと遠くの砂を見た。
その度ごとにおれは鎧のかくしから
塩をすこうし取り出して
馬になめさせては元気をつけた。
その馬も今では三十五歳
五里かけるにも四時間かかる

それからおれはもう七十だ。
とても帰れまいと思っていたが
ありがたや敵が残らず脚気（病気の名前）で死んだ
ことしの夏はへんに湿気が多かったでな。
それに脚気の原因が
あんまりこっちを追いかけて
砂を走ったためなんだ
そうしてみればどうだやっぱり凱旋だろう。
ことにも一つほめられていいことは
十万人もでかけたものが
九万人までもどってきた。
死んだやつらは気の毒だが
三十年の間には
たとえいくさに行かなくたって

一割ぐらいは死ぬんじゃないか。
そこでラユーのむかしのともよ
また子どもらよ兄弟よ
北守将軍ソンバーユーと
その軍勢が帰ったのだ
門をあけてもいいではないか。」

さあ城壁のこっちでは、わきたつような騒動だ。

うれしまぎれに泣くものや、両手をあげて走るもの、じぶんで門をあけようとして、番兵たちにしかられるもの、もちろん王のお宮へは使いが急いで走っていき、城門の扉はぴしゃんと開いた。おもての方の兵隊たちも、もううれしくて、馬にすがって泣いている。

顔から肩から灰いろの、北守将軍ソンバーユーは、わざとくしゃくしゃ顔をしかめ、しずかに馬のたづなをとって、まっすぐをむいて先頭に立ち、それからラッパや太鼓の類、三角旗のついた槍、まっ青に錆びた銅のほこ、それから白い矢をしょった、兵隊たちが入

ってくる。馬は太鼓に歩調を合わせ、ことにもさきのソン将軍の白馬は、歩くたんびにひざがぎちぎち音がして、ちょうどひょうしをとるようだ。兵隊たちは軍歌をうたう。

「みそかの晩とついたちは
砂漠に黒い月が立つ。
西と南の風の夜は
月は冬でもまっ赤だよ。
雁が高みを飛ぶときは
敵が遠くへにげるのだ。
追おうと馬にまたがれば
にわかに雪がどしゃぶりだ。」

兵隊たちは進んでいった。九万の兵というものはただ見ただけでもぐったりする。

「雪の降る日はひるまでも
空はいちめんまっくらで
わずかに雁の行くみちが
ぼんやり白く見えるのだ。
砂がこごえて飛んできて
枯れたよもぎをひっこぬく。
抜けたよもぎは次々と
都の方へ飛んでいく。」

みんなは、道の両側に、垣をきずいて、ぞろっとならび、涙を流してこれを見た。

かくて、バーユー将軍が、三町ばかり進んでいって、町の広場についたとき、むこうのお宮の方角から、黄いろな旗がひらひらして、誰かこっちへやってくる。これはたしかにしらせが行って、王から迎えが来たのである。

ソン将軍は馬をとめ、ひたいに高く手をかざし、よくよくそれを見きわめて、それからにわかに一礼し、急いで、馬を下りようとした。ところが馬を下りれない、もう将軍の両足は、しっかり馬の鞍につき、鞍はこんどは、がっしりと馬のせなかにくっついて、もうどうしてもはなれない。さすが豪気の将軍も、すっかりあわてて赤くなり、口をびくびく横に曲げ、一生けん命、はね下りようとするのだが、どうにもからだがうごかなかった。ああこれこそじつに将軍が、三十年も、国境の空気の乾いた砂漠のなかで、重いつとめを肩に負い、一度も馬を下りないために、馬とひとつになったのだ。おまけに砂漠のまん中で、どこにも草の生えるところがなかったために、多分はそれが将軍の顔を見つけて生えたのだろう。灰いろをしたふしぎなものが、もう将軍の顔や手や、まるでいちめん生えていた。兵隊たちにも生えていた。そのうち使いの大臣は、だんだん近くやって来て、もうまっさきの大きな槍や、旗のしるしも見えてきた。

将軍、馬を下りなさい。王様からのお迎えです。将軍、馬を下りなさい。むこうの列で誰かいう。将軍はまた手をばたばたしたが、やっぱりからだがはなれない。

ところが迎えの大臣は、鮒よりひどい近眼だった。わざと馬から下りないで、両手を振って、みんなに何か命令してると考えた。

「謀叛だな。よし。引き上げろ。」

そう大臣はみんなに言った。そこで大臣一行は、くるっと馬を立て直し、黄いろな塵をあげながら、一目散に戻っていく。ソン将軍はこれを見て、肩をすぼめてため息をつき、しばらくぼんやりしていたが、にわかにうしろを振りむいて、軍師の長を呼びよせた。

「おまえはすぐに鎧を脱いで、おれの刀と弓をもち、早くお宮へ行ってくれ。それから誰かにこう言うのだ。北守将軍ソンバーユーは、あの国境の砂漠の上で、三十年のひるも夜も、馬から下りるひまがなく、とうとうからだが鞍につき、そのまた鞍が馬について、どうにもお前へ出られません。これからお医者に行きまして、やがて参内いたします。こうていねいに言ってくれ。」

軍師の長はうなずいて、すばやく鎧と兜を脱ぎ、ソン将軍の刀をもって、一目散にかけて行く。ソン将軍はみんなに言った。

「全軍しずかに馬を下り、兜をぬいで地に座れ。ソン大将はただ今から、ちょっとお医者へ行ってくる。そのうち音をたてないで、じいっとやすんでいてくれい。わかったか。」

「わかりました。将軍。」

兵隊どもは声をそろえて一度にさけぶ。将軍はそれを手で制し、急いで馬に鞭うった。たびたびぺたんと砂漠に寝た、この有名な白馬は、ここで最後の力を出し、がたがたがた鳴りながら、風より早くかけ出した。さて将軍は十町ばかり、夢中で馬を走らせて、大きな坂の下に来た。それからにわかにこう言った。

「上手な医者はいったいだれだ。」

一人の大工が返事した。

「それはリンパー先生です。」

「そのリンパーはどこにいる。」

「すぐこの坂のま上です。あの三つある旗のうち、一番左でございます。」

「よろしい、しゅう。」と将軍は、例の白馬に一鞭くれて、一気に坂をかけあがる。大工はあとでぶつぶつ言った。

「何だ、あいつは野蛮なやつだ。ひとからものを教わって、よろしい、しゅう、とはいったいなんだ。」

ところがバーユー将軍は、そんなことにはかまわない。そこらをうろうろあるいている、病人たちをはね越えて、門の前まで上っていった。なるほど門の柱には、小医リンパー先生と、金看板がかけてある。

三、リンパー先生

さてソンバーユー将軍は、いまやリンパー先生の、大玄関を乗りきって、どしどし廊下へ入っていく。さすがはリンパー病院だ、どの天井も部屋の扉も、高さが二丈（約6メートル）ぐらいある。

「医者はどこかね。診てもらいたい。」

ソン将軍は号令した。

「あなたは一体何ですか。馬のまんまで入るとは、あんまり乱暴すぎましょう。」

もえぎの長い服を着て、頭を剃った一人の弟子が、馬のくつわをつかまえた。

「おまえが医者のリンパーか、早くわが輩の病気を診ろ。」

「いいえ、リンパー先生は、むこうの部屋におられます。けれどもご用がおありなら、馬から下りていただきたい。」

「いいや、そいつができんのじゃ。馬からすぐに下りれたら、今ごろはもう王様の、前へ行ってたはずなんじゃ。」

「ははあ、馬から下りられない。そいつは足の硬直だ。そんならいいです。おいでなさい。」

弟子はむこうの扉をあけた。ソン将軍はぱかぱかと馬を鳴らしてはいっていった。中には人がいっぱいで、そのまん中に先生らしい、小さな人が床几に座り、しきりに一人の目を診ている。

「ひとつこっちをたのむのじゃ。馬から下りられないでのう。」

そう将軍はやさしく言った。ところがリンパー先生は、見むきもしないし動きもしない。やっぱりじっと目を見ている。

「おい、きみ、早くこっちを見んか。」

将軍がどなりだしたので、病人たちはびくっとした。ところが弟子がしずかに言った。

「診るには番がありますからな。あなたは九十六番で、いまは六人目ですから、もう九十人お待ちなさい。」

「黙れ、きさまは我輩に、七十二人待てっと言うか。おれを誰だと考える。北守将軍ソンバーユーだ。九万人もの兵隊を、町の広場に待たせてある。おれが一人を待つことは七万二千の兵隊が、むこうの方で待つことだ。すぐ見ないならけちらすぞ。」

将軍はもう鞭をあげ馬は一いきはねあがり、病人たちは泣きだした。ところがリンパー先生は、やっぱりびくともしていない、てんでこっちを見もしない。

その先生の右手から、黄の綾を着た娘が立って、花瓶にさした何かの花を、一枝とって水につけ、やさしく馬につきつけた。馬はぱくっとそれを噛み、大きな息を一つして、ぺたんと四つ脚を折り、今度はごうごういびきをかいて、首を落としてねむってしまう。ソン将軍はまごついた。

「あ、馬のやつ、また参ったな。困った。困った。困った。」と言って、急いで鎧のかくしから、塩の袋を取りだして、馬に食べさせようとする。

「おい、起きんかい。あんまり情けないやつだ。あんなにひどく難儀して、やっと都に帰ってくると、すぐ気がゆるんで死ぬなんて、ぜんたいどういう考えなのか。こら、起きんかい。起きんかい。しっ、ふう、どう、おい、この塩を、ほんの一口たべんかい。」

それでも馬は、やっぱりぐうぐうねむっている。ソン将軍はとうとう泣いた。

「おい、きみ、わしはとにかくに、馬だけどうかみてくれたまえ。こいつは北の国境で、三十年もはたらいたのだ。」

むすめはだまって笑っていたが、このときリンパー先生が、いきなりこっちを振りむいて、まるで将軍の胸底から、馬の頭も見とおすような、するどい眼をしてしずかに言った。

「馬はまもなく治ります。あなたの病気をしらべるために、馬を座らせただけです。あなたはそれでむこうの方で、何か病気をしましたか。」

「いいや、病気はしなかった。病気は別にしなかったが、狐のためにだまされて、どうもときどき困ったじゃ。」

「それは、どういうふうですか。」

「むこうの狐はいかんのじゃ。十万近い軍勢を、ただ一ぺんにだますんじゃ。夜にたくさん火をともしたり、昼間いきなり砂漠の上に、大きな海をこしらえて、城や何かも出したりする。まったくたちが悪いんじゃ。」

「それを狐がしますのですか。」

「狐とそれから、砂鶻じゃね、砂鶻というて鳥なんじゃ。こいつは人のおらないときは、高いところを飛んでいて、誰かを見ると試しにくる。馬のしっぽを抜いたりね。目をねらったりするもんで、こいつがでたらもう馬は、がたがたふるえてようあるかんね。」

「そんなら一ぺんだまされると、何日ぐらいでよくなりますか。」

「まあ四日じゃね。五日のときもあるようじゃ。」

「それであなたは今までに、何べんぐらいだまされました？」

「ごく少なくて十ぺんじゃろう。」

「それではおたずねいたします。百と百とをくわえると答えはいくらになりますか。」

「百八十じゃ。」

「それでは二百と二百では。」

「さよう、三百六十だろう。」

「そんならも一つうかがいますが、十の二倍は何ほどですか。」

「それはもちろん十八じゃ。」

「なるほど、すっかりわかりました。あなたは今でもまだ少し、砂漠のためにつかれています。つまり十パーセントです。それではなおしてあげましょう。」

パー先生は両手をふって、弟子にしたくを言いつけた。弟子は大きな銅鉢に、何かの薬をいっぱい盛って、ふきんを添えて持ってきた。ソン将軍は両手を出して、鉢をきちんと受けとった。パー先生は片袖まくり、ふきんに薬をいっぱいひたし、兜の上からざぶざぶかけて、両手でそれをゆすぶると、兜はすぐにすぽりととれた。弟子がも一人、もひとつ別の銅鉢へ、別の薬をもってきた。そこでリンパー先生は、別の薬でじゃぶじゃぶ洗う。しずくはまるでまっ黒だ。ソン将軍は心配そうに、うつむいたままきいている。

「どうかね、馬は大丈夫かね。」

「もうじきです。」とパー先生は、つづけてじゃぶじゃぶ洗っている。しずくがだんだん茶いろになって、それからうすい黄いろになった。それからとうとうもう色もなく、ソン将軍の白髪は、熊より白く輝いた。そこでリンパー先生は、ふきんを捨てて両手を洗い、弟子は頭と顔をふく。将軍はぶるっと身ぶるいして、馬にきちんと起きあがる。

「どうです、せいせいしたでしょう。ところで百と百とをたすと、答えはいくらになりますか。」

「もちろんそれは二百だろう。」

「そんなら二百と二百とたせば。」

「さよう、四百にちがいない。」

「十の二倍はどれだけですか。」

「それはもちろん二十じゃな。」

さっきのことは忘れたふうで、ソン将軍はけろりと言う。

「すっかりおなおりになりました。つまり頭の目がふさがって、一割いけなかったのですな。」

「いやいや、わしは勘定などの、十や二十はどうでもいいんじゃ。それは算師がやるでのう。わしはさっそくこの馬と、わしをはなしてもらいたいんじゃ。」

「なるほどそれはあなたの足を、あなたの服と引きはなすのは、すぐ私にできるです。いやもう離れているはずです。けれども、ずぼんが鞍につき、鞍がまた馬についたのを、はなすというのは別ですな。それはとなりで、私の弟がやっていますから、そっちへおいでいただきます。それにいったいこの馬もひどい病気にかかっています。」

「そんならわしの顔から生えた、このもじゃもじゃはどうじゃろう。」

「そちらもやっぱりむこうです。とにかくひとつとなりの方へ、弟子をお供に出しましょう。」

「それではそっちへ行くとしよう。ではさようなら。」

さっきの白いきものをつけた、むすめが馬の右耳に、息を一つ吹き込んだ。馬はがばっとはねあがり、ソン将軍はにわかに背が高くなる。将軍は馬のたづなをとり、弟子とならんで部屋を出る。それから庭をよこぎって厚い土塀の前にきた。小さなくぐりがあいている。

「いま裏門をあけさせましょう。」

助手はくぐりを入っていく。

「いいや、それにはおよばない。わたしの馬はこれぐらい、まるで何とも思ってやしない。」

将軍は馬にむちをやる。

ぎっ、ばっ、ふう。馬は土塀をはね越えて、となりのリンプー先生の、けしの畑をめちゃくちゃに、ふみつけながら立っていた。

四、馬医リンプー先生

ソン将軍が、お医者の弟子と、けしの畑をふみつけてむこうの方へ歩いていくと、もうあっちからもこっちからも、ぶるるるふうというような、馬の仲間の声がする。

そして二人が正面の、大きな棟に入っていくと、もう四方から馬どもが、二十四もかけてきて、ひづめをことこと鳴らしたり、頭をぶらぶらしたりして、将軍の馬にあいさつする。

むこうでリンプー先生は、首のまがった茶いろの馬に、白い薬を塗っている。さっきの弟子が進んでいって、ちょっと何かをささやくと、馬医のリンプー先生は、わらってこっちを振りむいた。大きな鉄の胸甲を、がっしりはめていることは、ちょうどやっぱり鎧のようだ。馬にけられぬためらしい。将軍はすぐその前へ、じぶんの馬を乗りつけた。

「あなたがリンプー先生か。わしは将軍ソンバーユーじゃ。何分ひとつたのみたい。」

「いや、その由をうかがいました。あなたのお馬はたしか三十九ぐらいですな。」

「四捨五入して、そうじゃ、やっぱり三十九じゃな。」

「ははあ、ただいま手術いたします。あなたは馬の上にいて、すこし煙いかもしれません。それをご承知くださいますか。」

「煙い？　なんのどうして煙ぐらい、砂漠で風の吹くときは、一分間に四十五以上、馬を跳躍させるんじゃ。それを三つも、やすんだら、もう頭まで埋まるんじゃ。」

「ははあ、それではやりましょう。おい、フーシュ。」

プー先生は弟子を呼ぶ。弟子はおじぎを一つして、小さな壺をもってきた。

プー先生はふたをとり、何か茶いろな薬を出して、馬のまなこに塗りつけた。

それから「フーシュ」とまた呼んだ。弟子はおじぎを一つして、となりの部屋へ入っていって、しばらくごとごとしていたが、まもなく赤い小さなもちを、皿にのっけて帰ってきた。先生はそれをつまみあげ、しばらく指ではさんだり、においをかいだりしていたが、何か決心したらしく、馬にぱくりと食べさせた。ソン将軍は、その白馬の上にいて、待ちくたびれてあくびをした。するとにわかに白馬は、がたがたがたがたふるえ出し、それからからだ一面に、汗と煙を噴き出した。プー先生はこわそうに、遠くへ行ってながめている。

がたがたがたがた鳴りながら、馬は煙をつづけて噴いた。そのまた煙がむやみにからいソン将軍も、はじめはがまんしていたが、とうとう両手を目にあてて、ごほんごほんとせきをした。そのうちだんだん煙は消えてこんどは、汗が滝よりひどくながれだす。プー先生は近くへ寄って、両手をちょっと鞍にあて、二つつばかりゆすぶった。たちまち鞍はすぱりとはなれ、はずみを食った将軍は、床にすとんと落とされた。ところがさすが将軍だ。いつかきちんと立っている。おまけに鞍と将軍も、もうすっかりとはなれていて、将軍はまがった両足を、両手でぱしゃぱしゃ叩いたし、馬はにわかに荷がなくなって、さも見当がつかないらしく、せなかをゆらゆらゆすぶった。

するとバーユー将軍は、こんどは馬のほうきのようなしっぽを持って、いきなりぐっと引っ張った。すると何やらまっ白な、尾の形したかたまりが、ごとりと床にころがり落ちた。馬はいかにも軽そうに、いまはまったく毛だけになったしっぽを、ふさふさ振っている。弟子が三人集まって、馬のからだをすっかりふいた。

「もういいだろう。歩いてごらん。」

馬はしずかに歩きだす。あんなにぎちぎち軋んだひざが、いまではすっかり鳴らなくなった。プー先生は手をあげて、馬をこっちへ呼び戻し、おじぎを一つ将軍にした。

「いや謝しますじゃ。それではこれで。」

将軍は、急いで馬に鞍を置き、ひらりとそれにまたがれば、そこらあたりの病気の馬は、ひんひん別れのあいさつをする。ソン将軍は部屋を出て塀をひらりと飛び越えて、となりのリンポー先生の、菊の畑に飛び込んだ。

五、リンポー先生

　さてもリンポー先生の、草木を治すその部屋は、林のようなものだった。あらゆる種類の木や花が、そこらいっぱいならべてあって、どれにもみんな金だの銀の、大きな札がついている。そこを、バーユー将軍は、馬から下りて、ゆっくりと、ポー先生の前へ行く。さっきの弟子がさきまわりして、すっかりはなしていたらしく、ポー先生は薬の函と大きな赤いうちわをもって、ごくうやうやしく待っていた。

　ソン将軍は手をあげて、「これじゃ。」と顔を指さした。ポー先生は黄いろな粉を、薬函から取り出して、ソン将軍の顔から肩へ、もういっぱいにふりかけて、それから例のうちわをもって、ばたばたばたばた扇ぎだす。す

るとたちまち、将軍の、顔じゅうの毛はまっ赤にかわり、みんなふはふは飛び出して、見ているうちに将軍は、すっかり顔がつるつるなった。じつにこのとき将軍は、三十年ぶりににっこりした。

「それではこれで行きますじゃ。からだも軽くなったでのう。」

もう将軍はうれしくて、はやてのように部屋を出て、おもての馬に飛び乗れば、馬はたちまち病院の、大きな門を外に出た。あとから弟子が六人で、兵隊たちの顔から生えた灰いろの毛をとるために、薬の袋とうちわをもって、ソン将軍を追いかけた。

六、北守将軍仙人となる

さてソンバーユー将軍は、ポー先生の玄関を、光のように飛び出して、となりのリンプー病院を、はやてのごとく通り過ぎ、次のリンパー病院を、ななめに見ながらもう一散に、さっきの坂をかけ下りる。馬は五倍も速いので、もうむこうには兵隊たちの、やすんでいるのが見えてきた。兵隊たちは心配そうにこっちの方を見ていたのだが、思わず歓呼の声をあげ、みんないっしょに立ちあがる。そのときお宮の方からは、さっきの使いの軍師の長が、一目散にかけてきた。

「ああ、王様は、すっかりおわかりなりました。あなたのことをおききになって、おん涙さえ浮かべられ、おいでをお待ちでございます。」

そこへさっきの弟子たちが、薬をもってやってきた。兵隊たちはよろこんで、粉をふってはばたばた扇ぐ。そこで九万の軍隊は、もう輪郭もはっきりなった。

将軍は高く号令した。

「馬にまたがり、気をつけいっ。」

みんなが馬にまたがれば、まもなくそこらはしんとして、たった二匹の遅れた馬が、鼻をぶるっと鳴らしただけだ。

「前へ進めっ。」

太鼓も銅鑼も鳴りだして、軍は粛々行進した。

やがて九万の兵隊は、お宮の前の一里の庭に縦横ちょうど三百人、四角な陣をこしらえた。

ソン将軍は馬を降り、しずかに壇をのぼっていって床に額をすりつけた。王はしずかにこう言った。

「じつに永らくご苦労だった。これからはもうここにいて、大将たちの大将として、なお忠勤をはげんでくれ。」

北守将軍ソンバーユーは涙をたれてお答えした。

「おことばまことにかしこくて、何とお答えいたしていいか、とみに言葉も出でませぬ。とはいえいまや私は、生きた骨ともいうような、役に立たずでございます。砂漠の中にいました間、どこから敵が見ているか、あなどられまいと考えて、いつでもりんと胸を張り、目を見開いておりましたのが、いま王様のお前に出て、おほめのことばをいただきますと、にわかに目さえ見えぬよう。背骨も曲がってしまいます。なにとぞこれでお暇をねがい、郷里に帰りとうございます。」

「それでは誰かおまえのかわり、大将五人の名をあげよ。」

そこでバーユー将軍は、大将四人の名をあげた。そして残りの一人のかわり、リン兄弟の三人を国のお医者におねがいした。

王はさっそく許されたので、その場でバーユー将軍は、鎧もぬげば兜もぬいで、かさかさ薄い麻を着た。そしてじぶんの生まれた村のス山のふもとへ帰って行って、粟をすこうし播いたりした。それから粟の間引きもやった。けれどもそのうち将軍は、だんだんものを食わなくなって、せっかくじぶんで播いたりした、粟も一口たべただけ、水をがぶがぶのんでいた。ところが秋の終わりになると、水もさっぱりのまなくなって、ときどき空を見上げては何かしゃっくりするような、きたいな形をたびたびした。

そのうちいつか将軍は、どこにも形が見えなくなった。

そこでみんなは将軍さまは、もう仙人になったと言って、ス山の山のいただきへ小さなお堂をこしらえて、あの白馬は神馬に祭り、あかしや粟をささげたり、麻ののぼりをたてたりした。

けれどもこのとき国手になった例のリンパー先生は、会う人ごとにこういった。

「どうして、バーユー将軍が、雲だけ食ったはずはない。おれはバーユー将軍の、からだをよくみて知っている。肺と胃の腑は同じでない。きっとどこかの林の中に、お骨があるにちがいない。」

なるほどそうかもしれないと思った人もたくさんあった。

貝(かい)の火(ひ)

今はうさぎたちは、みんなみじかい茶色の着物です。

野原の草はきらきら光り、あちこちの樺の木は白い花をつけました。

じつに野原はいいにおいでいっぱいです。

子うさぎのホモイは、よろこんでぴんぴん踊りながらもうしました。

「ふん、いいにおいだなあ。うまいぞ、うまいぞ、すずらんなんかまるでパリパリだ」

風が来たのですずらんは、葉や花をたがいにぶっつけて、しゃりんしゃりんと鳴りました。

ホモイはもううれしくて、息もつかずにぴょんぴょん草の上をかけだしました。

それからホモイはちょっと立ちどまって、腕を組んでほくほくしながら、「まるでぼくは川の波の上で芸当をしているようだぞ」と言いました。

本当にホモイは、いつか小さな流れの岸まで来ておりました。

そこには冷つめたい水がこぼんこぼんと音をたて、底の砂がピカピカ光っています。

ホモイはちょっと頭をまげて、「この川をむこうへ跳び越えてやろうかな。なあにわけないさ。けれども川のむこう側は、どうも草が悪いからね」とひとりごとを言いました。

するとふいに流れの上の方から、「ブルルル、ピイ、ピイ、ピイ、ピイ、ブルルル、ピイ、ピイ、ピイ、ピイ」とけたたましい声がして、うす黒いもじゃもじゃした鳥のような形のものが、ばたばたばたばたもがきながら、流れてまいりました。

ホモイはいそいで岸にかけよって、じっと待ちかまえました。

流されるのは、たしかにやせたひばりの子どもです。ホモイはいきなり水の中に飛び込んで、前あしでしっかりそれをつかまえました。

するとそのひばりの子どもは、いよいよびっくりして、黄色なくちばしを大きくあけて、まるでホモイのお耳もつんぼになるくらい鳴くのです。

ホモイはあわてて一生けん命、あとあしで水をけりました。そして、「だいじょうぶさ、だいじょうぶさ」と言いながら、その子の顔を見ますと、ホモイはぎょっとしてあぶなく手をはなしそうになりました。それは顔じゅうしわだらけで、くちばしが大きくて、おまけにどこかとかげに似ているのです。

けれどもこの強いうさぎの子は、けっしてその手をはなしませんでした。怖ろしさに口

をへの字にしながらも、それをしっかりおさえて、高く水の上にさしあげたのです。

そして二人は、どんどん流されました。ホモイは二度ほど波をかぶったので、水をよほどのみました。それでもその鳥の子ははなしませんでした。

するとちょうど、小流れのまがりかどに、一本の小さな楊の枝が出て、水をピチャピチャたたいておりました。

ホモイはいきなりその枝に、青い皮の見えるくらい深くかみつきました。そして力いっぱいにひばりの子を岸の柔らかな草の上に投げあげて、自分も一とびにはね上がりました。

ひばりの子は草の上に倒れて、目を白くし

てガタガタふるえています。
ホモイも疲れてよろよろしましたが、無理にこらえて、楊の白い花をむしってきて、ひばりの子にかぶせてやりました。ひばりの子は、ありがとうと言うようにそのねずみ色の顔をあげました。

ホモイはそれを見るとぞっとして、いきなりとびのきました。そして声をたてて逃げました。

その時、空からヒュウと矢のように降りてきたものがあります。ホモイは立ちどまって、ふりかえって見ると、それは母親のひばりでした。母親のひばりは、物もいえずにぶるぶるふるえながら、子どものひばりを強く強く抱いてやりました。

ホモイはもうだいじょうぶと思ったので、一目散におとうさんのお家へ走って帰りました。

うさぎのお母さんは、ちょうど、お家で白い草の束をそろえておりましたが、ホモイを見てびっくりしました。そして、「おや、どうかしたのかい。たいへん顔色が悪いよ」と言いながら棚から薬の箱をおろしました。

「おっかさん、ぼくね、もじゃもじゃの鳥の子のおぼれるのを助けたんです」とホモイが言いました。

うさぎのお母さんは箱から万能散をいっぷく出してホモイに渡して、「もじゃもじゃの鳥の子って、ひばりかい」とたずねました。

ホモイは薬を受けとって、「たぶんひばりでしょう。ああ頭がぐるぐるする。おっかさん、まわりが変に見えるよ」と言いながら、そのままバッタリ倒れてしまいました。ひどい熱病にかかったのです。

*

ホモイが、お父さんやおっかさんや、うさぎのお医者さんのおかげで、すっかりよくなったのは、すずらんにみんな青い実ができたころでした。

ホモイは、ある雲のない静かな晩、はじめてうちからちょっと出てみました。

南の空を、赤い星がしきりにななめに走りました。ホモイはうっとりそれを見とれました。するとふいに、空でブルルッとはねの音がして、二匹の小鳥が降りてまいりました。

大きい方は、まるい赤い光るものをだいじそうに草におろして、うやうやしく手をついてもうしました。

「ホモイさま。あなたさまは私ども親子の大恩人でございます」

ホモイは、その赤いものの光で、よくその顔を見て言いました。

「あなた方は先頃のひばりさんですか」

母親のひばりは、「さようでございます。先日はまことにありがとうございました。せがれの命をお助けくださいまして、まことにありがとうぞんじます。あなたさまはそのために、ご病気にさえおなりになったとのことでございましたが、もうおよろしゅうございますか」

親子のひばりは、たくさんおじぎをしてまたもうしました。

「私どもは毎日この辺を飛びめぐりまして、あなたさまの外へお出なさいますのをお待ちいたしておりました。これは私どもの王からのおくりものでございます」と言いながら、ひばりはさっきの赤い光るものをホモイの前に出して、うすいうすい煙のようなはんけちをときました。それはとちの実ぐらいあるまんまるの玉で、中では赤い火がちらちら燃えているのです。

ひばりの母親がまたもうしました。

「これは貝の火という宝珠でございます。王さまのおことづてでは、あなたさまのお手入れしだいで、この珠はどんなにでもりっぱになるともうします。どうかお納めをねがいます」

ホモイは笑って言いました。

「ひばりさん、ぼくはこんなものいりませんよ。持っていってください。たいへんきれいなもんですから、見るだけでたくさんです。見たくなったら、またあなたのところへ行きましょう」

ひばりがもうしました。

「いいえ。それはどうかお納めをねがいます。私どもの王からのおくりものでございますから。お納めくださらないと、また私はせがれと二人で切腹をしないとなりません。さ、せがれ。おいとまをして。さ。おじぎ。ごめんくださいませ」

そしてひばりの親子は二、三べんおじぎをして、あわてて飛んでいってしまいました。

ホモイは玉を取りあげて見ました。玉は赤や黄のほのおをあげて、せわしくせわしく燃えているように見えますが、じつはやはり冷たく美しくすんでいるのです。目にあてて空にすかして見ると、もうほのおはなく、天の川がきれいにすきとおっています。目からはなすと、またちらりちらり美しい火が燃えだします。

ホモイはそっと玉をささげて、おうちへはいりました。そしてすぐお父さんに見せました。するとうさぎのお父さんが玉を手にとって、めがねをはずしてよく調べてからもうしました。

「これは有名な貝の火というたからものだ。これはたいへんな玉だぞ。これをこのまま一生満足に持っていることのできたものは、今までに鳥に二人、魚に一人あっただけだという話だ。お前はよく気をつけて光をなくさないようにするんだぞ」

ホモイがもうしました。

「それはだいじょうぶですよ。ぼくはけっしてなくしませんよ。そんなようなことは、ひばりも言っていました。ぼくは毎日百ぺんずつ息をふきかけて百ぺんずつ紅雀の毛でみがいてやりましょう」

うさぎのおっかさんも、玉を手にとってよくよくながめました。そして言いました。

「この玉はたいへん損じやすいということです。けれども、また亡くなった鷲の大臣が持っていたときは、大噴火があって大臣が鳥の避難のために、あちこちさしずをして歩いている間に、この玉が山ほどある石に打たれたり、まっ赤な熔岩に流されたりしても、いっこうきずも曇もつかないで、かえって前よりも美しくなったという話ですよ」

うさぎのおとうさんがもうしました。

「そうだ。それは名高いはなしだ。お前もきっと鷲の大臣のような名高い人になるだろう。よくいじわるなんかしないように気をつけないといけないぞ」

ホモイはつかれてねむくなりました。そして自分のお床にコロリと横になって言いました。

「だいじょうぶだよ。ぼくなんかきっとりっぱにやるよ。玉はぼく持って寝るんだからください」

うさぎのおっかさんは玉を渡しました。ホモイはそれを胸にあてて、すぐねむってしまいました。

その晩の夢のきれいなことは、黄や緑の火が空で燃えたり、野原がいちめん黄金の草に変わったり、たくさんの小さな風車が、蜂のようにかすかにうなって、空中を飛んであるいたり、仁義をそなえた鷲の大臣が、銀色のマントをきらきら波立てて野原を見まわったり、ホモイはうれしさになんべんも、「ホウ。やってるぞ、やってるぞ」と声をあげたくらいです。

*

あくる朝、ホモイは七時ごろ目をさまして、まず第一に玉を見ました。玉の美しいことは、ゆうべよりもっとです。ホモイは玉をのぞいて、ひとりごとを言いました。

「見える、見える。あそこが噴火口だ。そら火をふいた。ふいたぞ。おもしろいな。まるで花火だ。おや、おや、おや、火がもくもく湧いている。二つにわかれた。きれいだな。火花だ。火花だ。まるでいなずまだ。そら流れだしたぞ。すっかり黄金色になってしまった。うまいぞ、うまいぞ。そらまた火をふいた」

おとうさんはもう外へ出ていました。おっかさんがにこにこして、おいしい白い草の根や青いばらの実を持ってきて言いました。

「さあ早くお顔を洗って、今日は少し運動をするんですよ。どれちょっとお見せ。まあ本当にきれいだね。お前がお顔を洗っているあいだ、おっかさんが見ていてもいいかい」

ホモイが言いました。

「いいとも。これはうちのたからものなんだから、おっかさんのだよ」

そしてホモイは立って家の入り口のすずらんの葉さきから、大粒の露を六つほど取って、すっかりお顔を洗いました。

ホモイはごはんがすんでから、玉へ百ぺん息をふきかけ、それから百ぺん紅雀の毛でみがきました。そしてたいせつに紅雀のむな毛につつんで、今までうさぎの遠めがねを入れておいた瑪瑙の箱にしまってお母さんにあずけました。そして外に出ました。

風が吹いて草の露がバラバラとこぼれます。つりがねそうが朝の鐘を、「カン、カン、カンカエコ、カンコカンコカン」と鳴らしています。

ホモイはぴょんぴょん跳んで、樺の木の下に行きました。

するとむこうから、年をとった野馬がやってまいりました。ホモイは少し怖くなって、戻ろうとしますと、馬はていねいにおじぎをして言いました。

「あなたはホモイさまでございますか。こんど貝の火が、お前さまにまいられましたそうで、じつに祝着にぞんじまする。あの玉がこの前けものの方にまいりましてから、もう千二百年たっているともうしまする。いや、じつに私めも今朝そのおはなしをうけたまわりまして、涙を流してござります」

馬はボロボロ泣きだしました。

ホモイはあきれていましたが、馬があんまり泣くものですから、ついつりこまれてちょっと鼻がせらせらしました。馬は風呂敷ぐらいある浅黄のはんけちを出して、涙をふいてもうしました。

「あなたさまは私どもの恩人でございます。どうかくれぐれもおからだをだいじになされてくだされませ」

そして馬はていねいにおじぎをして、むこうへ歩いていきました。

ホモイはなんだかうれしいような、おかしいような気がして、ぼんやり考えながら、にわとこの木のかげに行きました。するとそこに若い二匹のりすが、仲よく白いおもちをたべておりましたが、ホモイの来たのを見ると、びっくりして立ちあがって、いそいできもののえりをなおし、目を白黒くして、もちをのみこもうとしたりしました。

ホモイはいつものように、「りすさん。おはよう」とあいさつをしましたが、りすは二匹ともかたくなってしまって、いっこうことばも出ませんでした。

ホモイはあわてて、「りすさん。今日もいっしょにどこか遊びに行きませんか」と言いますと、りすはとんでもないと言うように、目をまん円にして顔を見合わせて、それからいきなりむこうをむいて一生けん命、逃げていってしまいました。

ホモイはあきれてしまいました。そして顔色を変えてうちへ戻ってきて、「おっかさん。なんだかみんな変なぐあいですよ。りすさんなんか、もうぼくを仲間はずれにしましたよ」と言いますとうさぎのおっかさんが笑って答えました。

「それはそうですよ。お前はもうりっぱな人になったんだから、りすなんかはずかしいのです。ですからよく気をつけてあとで笑われないようにするんですよ」

ホモイが言いました。

「おっかさん。それはだいじょうぶですよ。それならぼくはもう大将になったんですか」

おっかさんもうれしそうに、「まあそうです」ともうしました。

ホモイがよろこんで踊りあがりました。

「うまいぞ。うまいぞ。もうみんなぼくのてしたなんだ。きつねなんかもうこわくもなんともないや。おっかさん。ぼくね、りすさんを少将にするよ。馬はね、馬は大佐にしてやろうと思うんです」

おっかさんが笑いながら、「そうだね、けれどもあんまりいばるんじゃありませんよ」ともうしました。

ホモイは、「だいじょうぶですよ。おっかさん、ぼくちょっと外へ行ってきます」といったまま、ぴょんと野原へ飛び出しました。するとすぐ目の前をいじわるのきつねが風のように走っていきます。

ホモイはぶるぶるふるえながら思いきってさけんでみました。

「待て。きつね。ぼくは大将だぞ」

きつねがびっくりして、振りむいて顔色を変えてもうしました。

「へい。ぞんじております。へい、へい。何かご用でございますか」

ホモイができるくらい威勢よく言いました。

「お前はずいぶんぼくをいじめたな。今度はぼくのけらいだぞ」

きつねは卒倒しそうになって、頭に手をあげて答えました。

「へい、おもうしわけもございません。どうかおゆるしをねがいます」

ホモイはうれしさにわくわくしました。

「特別にゆるしてやろう。お前を少尉にする。よく働いてくれ」

きつねがよろこんで四へんばかりまわりました。

「へいへい。ありがとうぞんじます。どんなことでもいたします。少しとうもろこしを盗んでまいりましょうか」

ホモイがもうしました。

「いや、それは悪いことだ。そんなことをしてはならん」

きつねは頭をかいてもうしました。

「へいへい。これからはけっしていたしません。なんでもおいいつけを待っていたします」

ホモイは言いました。

「そうだ。用があったら呼ぶからあっちへ行っておいで」

きつねはくるくるまわっておじぎをして、むこうへ行ってしまいました。

ホモイはうれしくてたまりません。野原を行ったりきたりひとりごとを言ったり、笑ったりさまざまの楽しいことを考えているうちに、もうおひさまが砕けた鏡のように、樺の木のむこうに落ちましたので、ホモイもいそいでおうちに帰りました。

うさぎのおとうさまももう帰っていて、その晩はさまざまのごちそうがありました。ホモイはその晩も美しい夢を見ました。

*

次の日ホモイは、お母さんに言いつけられてざるを持って野原に出て、すずらんの実を集めながら、ひとりごとを言いました。

「ふん、大将がすずらんの実を集めるなんておかしいや。誰かに見つけられたら、きっと笑われるばかりだ。きつねがくるといいがなあ」

すると足の下がなんだかもくもくしました。見るとむぐらが土をくぐってだんだんむこうへ行こうとします。ホモイはさけびました。

「むぐら、むぐら、むぐらもち、お前はぼくのえらくなったことを知ってるかい」

むぐらが土の中で言いました。

「ホモイさんでいらっしゃいますか。よくぞんじております」

ホモイは大いばりで言いました。

「そうか。そんならいいがね。ぼく、お前を軍曹にするよ。そのかわり少し働いてくれないかい」

むぐらはびくびくしてたずねました。

「へいどんなことでございますか」

ホモイがいきなり、「すずらんの実を集めておくれ」と言いました。

むぐらは土の中で冷や汗をたらして頭をかきながら、「さあまことに恐れ入りますが、私は明るいところの仕事はいっこう無調法でございます」と言いました。

ホモイはおこってしまって、「そうかい。そんならいいよ。頼まないから。あとで見ておいで。ひどいよ」とさけびました。

むぐらは、「どうかごめんをねがいます。私は長くお日さまを見ますと死んでしまいますので」としきりにおわびをします。

ホモイは足をばたばたして、「いいよ。もういいよ。だまっておいで」と言いました。そのときむこうのにわとこのかげから、りすが五匹ちょろちょろ出てまいりました。そしてホモイの前にぴょこぴょこ頭を下げてもうしました。

「ホモイさま、どうか私どもにすずらんの実をお採らせくださいませ」

ホモイが、「いいとも。さあやってくれ。お前たちはみんなぼくの少将だよ」

りすがきゃっきゃっよろこんで仕事にかかりました。

このときむこうから子うまが六匹、走ってきてホモイの前にとまりました。その中のいちばん大きなのが、「ホモイさま。私どもにも何かおいいつけをねがいます」ともうしました。ホモイはすっかりよろこんで、「いいとも。お前たちはみんなぼくの大佐にする。ぼくがよんだら、きっとかけてきておくれ」といいました。子うまもよろこんではねあがりました。

むぐらが土の中で泣きながらもうしました。

「ホモイさま、どうか私にもできるようなことをおいいつけください。きっとりっぱにいたしますから」

ホモイはまだおこっていましたので、「お前なんかいらないよ。今にきつねがきたらお前たちの仲間をみんなひどい目にあわしてやるよ。見ておいで」と足ぶみをして言いました。

土の中ではひっそりとして声もなくなりました。

それからりすは、夕方までにすずらんの実をたくさん集めて、大さわぎをしてホモイのうちへ運びました。

おっかさんが、そのさわぎにびっくりして出てみて言いました。

「おや、どうしたの、りすさん」

ホモイが横から口を出して、「おっかさん。ぼくの腕まえをごらん。まだまだぼくはどんなことでもできるんですよ」と言いました。うさぎのお母さんは返事もなく黙って考えておりました。

するとちょうどうさぎのお父さんが戻ってきて、その景色をじっと見てからもうしました。

「ホモイ、お前は少し熱がありはしないか。むぐらをたいへんおどしたそうだな。むぐらの家では、もうみんな泣いてるよ。それにこんなにたくさんの実をぜんたい誰がたべるのだ」

ホモイは泣きだしました。りすはしばらくきのどくそうに立って見ておりましたが、とうとうこそこそみんな逃げてしまいました。

うさぎのお父さんがまたもうしました。

「お前はもうだめだ。貝の火を見てごらん。きっと曇ってしまっているから」

うさぎのおっかさんまでが泣いて、前かけで涙をそっとぬぐいながら、あの美しい玉のはいった瑪瑙の函を戸棚から取り出しました。

うさぎのおとうさんは函を受けとって、ふたをひらいて驚きました。

珠はおとといの晩よりも、もっともっと赤く、もっともっと速く燃えているのです。

みんなはうっとりみとれてしまいました。うさぎのおとうさんはだまって玉をホモイに渡してごはんを食べはじめました。ホモイもいつか涙がかわき、みんなはまた気持ちよく笑いだし、いっしょにごはんをたべてやすみました。

＊

次の朝早くホモイはまた野原に出ました。

今日もよいお天気です。けれども実をとられたすずらんは、もう前のようにしゃりんしゃりんと葉を鳴らしませんでした。

むこうのむこうの青い野原のはずれから、きつねが一生けん命に走ってきて、ホモイの前にとまって、「ホモイさん。昨日りすにすずらんの実を集めさせたそうですね。どうです。今日は私がいいものを見つけてきてあげましょう。それは黄色でね、もくもくしてね、失敬ですが、ホモイさん、あなたなんかまだ見たこともないやつですぜ。それから、昨日むぐらに罰をかけるとおっしゃったそうですね。あいつは元来横着だから、川の中へでも追いこんでやりましょう」と言いました。

ホモイは、「むぐらはゆるしておやりよ。ぼくもう今朝ゆるしたよ。けれどそのおいしいたべものは、少しばかり持ってきてごらん」と言いました。

「がってん、がってん。十分間だけお待ちなさい。十分間ですぜ」と言ってきつねはまるで風のように走っていきました。

ホモイはそこで高くさけびました。

「むぐら、むぐら、むぐらもち。もうお前はゆるしてあげるよ。泣かなくてもいいよ」

土の中はしんとしておりました。

きつねがまたむこうから走ってきました。そして、「さあおあがりなさい。これは天国の天ぷらというもんですぜ。最上等のところです」と言いながら盗んできた角パンを出しました。

ホモイはちょっとたべてみたら、実にどうもうまいのです。そこできつねに、「こんなものどの木にできるのだい」とたずねますと、きつねが横をむいて一つ「ヘン」と笑ってからもうしました。

「台所という木ですよ。ダアイドコロという木ね。おいしかったら毎日持ってきてあげましょう」

ホモイがもうしました。

「それでは毎日きっと三つずつ持ってきておくれ。ね」

きつねがいかにもよくのみこんだというように、目をパチパチさせて言いました。

「へい。よろしゅうございます。そのかわり私の鶏をとるのを、あなたがとめてはいけませんよ」

「いいとも」とホモイがもうしました。

するときつねが、「それでは今日の分、もう二つ持ってきましょう」と言いながらまた風のように走っていきました。

ホモイはそれをおうちに持っていってお父さんやお母さんにあげるときのことを考えていました。

お父さんだって、こんなおいしいものはしらないだろう。ぼくはほんとうに孝行だなあ。

きつねが角パンを二つくわえてきてホモイの前に置いて、急いで「さよなら」と言いながらもう走っていってしまいました。ホモイは、「きつねはいったい毎日何をしているんだろう」とつぶやきながらおうちに帰りました。

今日はお父さんとお母さんとが、お家の前ですずらんの実を天日にほしておりました。

ホモイが、「お父さん。いいものを持ってきましたよ。あげましょうか。まあちょっとたべてごらんなさい」と言いながら角パンを出しました。

うさぎのお父さんはそれを受けとってめがねをはずして、よくよく調べてから言いました。

「お前はこんなものをきつねにもらったな。これは盗んできたもんだ。こんなものをおれは食べない」

そしておとうさんは、も一つホモイのお母さんにあげようと持っていた分も、いきなり取りかえして、自分のといっしょに土に投げつけて、むちゃくちゃにふみにじってしまいました。

ホモイはわっと泣きだしました。うさぎのお母さんもいっしょに泣きました。

お父さんがあちこち歩きながら、「ホモイ、お前はもうだめだ。玉を見てごらん。もうきっと砕けているから」と言いました。

お母さんが泣きながら函を出しました。玉はお日さまの光をうけて、まるで天上にのぼっていきそうに美しく燃えました。

お父さんは玉をホモイに渡してだまってしまいました。ホモイも玉を見ていつか涙を忘れてしまいました。

＊

次の日ホモイはまた野原に出ました。

きつねが走ってきてすぐ角パンを三つ渡しました。ホモイはそれをいそいで台所の棚の上に載せて、また野原に来ますときつねがまだ待っていて言いました。

「ホモイさん。何かおもしろいことをしようじゃありませんか」

ホモイが、「どんなこと？」とききますと、きつねが言いました。

「むぐらを罰にするのはどうです。あいつはじつにこの野原の毒むしですぜ。そしてなまけものですぜ。あなたが一ぺんゆるすって言ったのなら、今日は私だけでひとつむぐらをいじめますから、あなたはだまって見ておいでなさい。いいでしょう」

ホモイは、「うん、毒むしなら少しいじめてもよかろう」と言いました。

きつねは、しばらくあちこち地面を嗅いだり、とんとんふんでみたりしていましたが、とうとう一つの大きな石を起こしました。するとその下にむぐらの親子が八ぴきかたまって、ぶるぶるふるえておりました。

きつねが、「さあ、走れ、走れ、走らないと、噛み殺すぞ」といって足をどんどんしました。

むぐらの親子は、「ごめんください。ごめんください」と言いながら逃げようとするのですが、みんな目が見えない上に足がきかないものですからただ草をかくだけです。

いちばん小さな子はもうあおむけになって気絶したようです。きつねははがみをしました。ホモイも思わず、「シッシッ」と言って足を鳴らしました。

その時、「こらっ、何をする」という大きな声がして、きつねがくるくると四へんばかりまわって、やがて一目散に逃げました。

見るとホモイのお父さんが来ているのです。

お父さんは、いそいでむぐらをみんな穴に入れてやって、上へもとのように石をのせて、それからホモイの首すじをつかんで、ぐんぐんおうちへ引いていきました。

おっかさんが出てきて泣いておとうさんにすがりました。お父さんが言いました。

「ホモイ。お前はもうだめだぞ。今日こそ貝の火は砕けたぞ。出してみろ」

お母さんが涙をふきながら函を出してきました。お父さんは函のふたを開いてみました。

するとお父さんはびっくりしてしまいました。貝の火が今日ぐらい美しいことはまだありませんでした。

それはまるで赤や緑や青やさまざまの火がはげしく戦争をして、地雷火をかけたり、のろしを上げたり、またいなずまがひらめいたり、光の血がながれたり、そうかと思うと水色のほのおが玉の全体をパッと占領して、今度はひなげしの花や、黄色のチューリップ、ばらやほたるかずらなどが、いちめん風にゆらいだりしているように見えるのです。

うさぎのお父さんは黙って玉をホモイに渡しました。ホモイはまもなく涙もわすれて貝の火をながめてよろこびました。

おっかさんもやっと安心して、おひるのしたくをしました。

みんなはすわって角パンをたべました。

お父さんが言いました。

「ホモイ。きつねには気をつけないといけないぞ」

ホモイがもうしました。

「お父さん、だいじょうぶですよ。きつねなんかなんでもありませんよ。ぼくには貝の火があるのですもの。あの玉が砕けたり曇ったりするもんですか」

お母さんがもうしました。

「本当にね、いい宝石だね」

ホモイは得意になって言いました。

「お母さん。ぼくはね、うまれつきあの貝の火と離れないようになってるんですよ。たとえぼくがどんなことをしたって、あの貝の火がどこかへ飛んでいくなんて、そんなことがあるもんですか。それにぼく毎日百ずつ息をかけてみがくんですもの」

「じっさいそうだといいがな」とお父さんがもうしました。

その晩ホモイは夢を見ました。高い高い錐のような山の頂上に片足で立っているのです。

ホモイはびっくりして泣いて目をさましました。

＊

次の朝ホモイはまた野に出ました。

今日は陰気な霧がジメジメ降っています。木も草もじっと黙り込みました。ぶなの木さえ葉をちらっとも動かしません。

ただあのつりがねそうの朝の鐘だけは高く高く空にひびきました。

「カン、カン、カンカエコ、カンコカンコカン」

おしまいの音がカアンとむこうから戻ってきました。

そしてきつねが角パンを三つ持って半ずぼんをはいてやってきました。

「きつね。おはよう」とホモイが言いました。

きつねはいやな笑いようをしながら、「いや昨日はびっくりしましたぜ。ホモイさんのお父さんもずいぶんがんこですな。しかしどうです。すぐごきげんがなおったでしょう。今日は一つうんとおもしろいことをやりましょう。動物園をあなたはきらいですか」と言いました。

ホモイが、「うん。きらいではない」ともうしました。

きつねがふところから小さな網を出しました。そして、「そら、こいつをかけておくと、とんぼでも蜂でもすずめでも、かけすでも、もっと大きなやつでもひっかかりますぜ。それを集めて一つ動物園をやろうじゃありませんか」と言いました。

ホモイはちょっとその動物園のありさまを考えてみて、たまらなくおもしろくなりました。そこで、「やろう。けれども、だいじょうぶ、その網でとれるかい」と言いました。

きつねがいかにもおかしそうにして、「だいじょうぶですとも。あなたは早くパンを置いておいでなさい。そのうちに私はもう百ぐらいは集めておきますから」と言いました。

ホモイは、いそいで角パンを取ってお家に帰って、台所の棚の上にのせて、またいそいで帰ってきました。

見るともうきつねは霧の中のかばの木に、すっかり網をかけて、口を大きくあけて笑っていました。

「はははは、ごらんなさい。もう四ひきつかまりましたよ」

きつねはどこから持ってきたか大きなガラス箱を指さして言いました。

本当にその中には、かけすと鶯と紅雀と、ひわと、四ひきはいってばたばたしておりました。

けれどもホモイの顔を見ると、みんなきゅうに安心したように静まりました。

うぐいすがガラス越しにもうしました。

「ホモイさん。どうかあなたのお力でたすけてやってください。私らはきつねにつかまったのです。あしたはきっと食われます。おねがいでございます。ホモイさん」

ホモイはすぐ箱を開こうとしました。

すると、きつねがひたいに黒いしわをよせて、目を釣りあげてどなりました。

「ホモイ。気をつけろ。その箱に手でもかけてみろ。食い殺すぞ。どろぼうめ」

まるで口が横に裂けそうです。

ホモイはこわくなってしまって、一目散におうちへ帰りました。今日はおっかさんも野原に出て、うちにいませんでした。

ホモイはあまり胸がどきどきするので、あの貝の火を見ようと函を出してふたを開きました。

それはやはり火のように燃えておりました。けれども気のせいか、ひとところ小さな小さな針でついたくらいの白い曇りが見えるのです。

ホモイはどうもそれが気になってしかたありませんでした。そこでいつものように、フッフッと息をかけて、紅雀の胸毛で上を軽くこすりました。

けれども、どうもそれがとれないのです。そのとき、お父さんが帰ってきました。そしてホモイの顔色が変わっているのを見て言いました。

「ホモイ。貝の火が曇ったのか。たいへんお前の顔色が悪いよ。どれお見せ」

そして玉をすかして見て笑って言いました。

「なあに、すぐとれるよ。黄色の火なんか、かえって今までよりよけい燃えているくらいだ。どれ、紅雀の毛を少しおくれ」

そしてお父さんは熱心にみがきはじめました。けれどもどうも曇りがとれるどころか、だんだん大きくなるらしいのです。

お母さんが帰ってまいりました。そして黙ってお父さんから貝の火を受けとって、すかして見て、ため息をついて今度は自分で息をかけてみがきました。

じつにみんな、だまってため息ばかりつきながら、かわるがわる一生けん命みがいたのです。

もう夕方になりました。お父さんは、にわかに気がついたように立ちあがって、「まあごはんを食べよう。今夜一晩、油につけておいてみろ。それがいちばんいいという話だ」といいました。

お母さんはびっくりして、「まあ、ごはんのしたくを忘れていた。なんにもこさえてない。おとといのすずらんの実と今朝の角パンだけをたべましょうか」と言いました。

「うんそれでいいさ」とお父さんがいいました。ホモイはため息をついて玉を函に入れて、じっとそれを見つめました。

みんなは、だまってごはんをすましました。

お父さんは、「どれ油を出してやるかな」と言いながら棚からかやの実の油の瓶をおろしました。

ホモイはそれを受けとって貝の火を入れた函に注ぎました。そしてあかりをけしてみんな早くからねてしまいました。

＊

夜中にホモイは目をさましました。

そしてこわごわ起きあがって、そっと枕もとの貝の火を見ました。貝の火は、油の中で魚の眼玉のように銀色に光っています。もう赤い火は燃えていませんでした。

ホモイは大声で泣きだしました。

うさぎのお父さんやお母さんがびっくりして起きてあかりをつけました。

貝の火はまるで鉛の玉のようになっています。ホモイは泣きながらきつねの網のはなしをお父さんにしました。

お父さんはたいへんあわてて、いそいで着物をきかえながら言いました。

「ホモイ。お前はばかだぞ。おれもばかだっ

た。お前はひばりの子どもの命を助けて、あの玉をもらったのじゃないか。それをお前はおといなんかうまれつきだなんて言っていた。さあ、野原へ行こう。きつねがまだ網を張っているかもしれない。お前はいのちがけできつねとたたかうんだぞ。もちろんおれも手伝う」

ホモイは泣いて立ちあがりました。うさぎのお母さんも泣いて二人のあとを追いました。

霧がポシャポシャ降って、もう夜があけかかっています。

きつねはまだ網をかけて、かばの木の下にいました。そして三人を見て、口をまげて大声でわらいました。ホモイのお父さんがさけびました。

「きつね。お前はよくもホモイをだましたな。さあ決闘をしろ」

きつねがじつに悪党らしい顔をして言いました。

「へん。きさまら三びきばかり食い殺してやってもいいが、おれもけがでもするとつまらないや。おれはもっといい食べものがあるんだ」

そして函をかついで逃げ出そうとしました。

「待てこら」とホモイのお父さんがガラスの箱をおさえたので、きつねはよろよろして、とうとう函を置いたまま逃げていってしまいました。

見ると箱の中に鳥が百ぴきばかり、みんな泣いていました。すずめや、かけすや、うぐいすはもちろん、大きな大きなふくろうや、それに、ひばりの親子までがはいっているのです。

ホモイのお父さんはふたをあけました。

鳥がみんな飛び出して地面に手をついて声をそろえて言いました。

「ありがとうございます。ほんとうにたびたびおかげさまでございます」

するとホモイのお父さんがもうしました。

「どういたしまして、私どもは面目しだいもございません。あなた方の王さまからいただいた玉をとうとう曇らしてしまったのです」

鳥が一ぺんに言いました。

「まあどうしたのでしょう。どうかちょっと拝見いたしたいものです」

「さあどうぞ」と言いながらホモイのお父さんは、みんなをおうちの方へ案内しました。

鳥はぞろぞろついていきました。ホモイはみんなのあとを、泣きながらしょんぼりついていきました。ふくろうが大またにのっそのっそと歩きながら、時々こわい目をしてホモイをふりかえって見ました。

みんなはおうちにはいりました。

鳥は、床や棚や机や、うちじゅうのあらゆる場所をふさぎました。ふくろうが目玉をとほうもない方にむけながら、しきりに「オホン、オホン」とせきばらいをします。

ホモイのお父さんがただの白い石になってしまった貝の火を取りあげて、「もうこんなぐあいです。どうかたくさん笑ってやってください」と言うとたん、貝の火はするどくカチッと鳴って二つにわれました。

と思うと、パチパチパチッとはげしい音がして見る見るまるで煙のように砕けました。

ホモイが入り口でアッと言って倒れました。目にその粉がはいったのです。みんなは驚いてそっちへ行こうとしますと、こんどはそこらにピチピチピチと音がして、煙がだんだん集まり、やがてりっぱないくつかのかけらになり、おしまいにカタッと二つかけらが組み合って、すっかりむかしの貝の火になりました。玉はまるで噴火のように燃え、夕日のようにかがやき、ヒューと音を立てて窓から外の方へ飛んでいきました。

鳥はみんな興をさまして、一人さり二人さり、今はふくろうだけになりました。ふくろうはじろじろ部屋の中を見まわしながら、

「たった六日だったな。ホッホ
たった六日だったな。ホッホ」

とあざ笑って、肩をゆすぶって大またに出ていきました。

それにホモイの目は、もうさっきの玉のように白くにごってしまって、まったく物が見えなくなったのです。

はじめからおしまいまで、お母さんは泣いてばかりおりました。

お父さんが腕を組んでじっと考えていましたが、やがてホモイのせなかを静かにたたいて言いました。

「泣くな。こんなことはどこにもあるのだ。それをよくわかったお前は、いちばんさいわいなのだ。目はきっとまたよくなる。お父さんがよくしてやるから。な。泣くな」

窓まどの外では、霧が晴れてすずらんの葉がきらきら光り、つりがねそうは、「カン、カン、カンカエコ、カンコカンコカン」と朝の鐘を高く鳴らしました。

虔十公園林

虔十は、いつもなわの帯をしめて、わらって、杜の中や畑の間をゆっくり歩いているのでした。

雨の中の青い藪を見てはよろこんで、目をパチパチさせ、青ぞらをどこまでもかけていく鷹を見つけては、はねあがって手をたたいてみんなに知らせました。

けれどもあんまり子どもらが虔十をばかにして笑うものですから、虔十はだんだん笑わないふりをするようになりました。

風がどうと吹いて、ぶなの葉がチラチラ光るときなどは、虔十はもううれしくてうれしくて、ひとりでに笑えてしかたないのを、無理やり大きく口をあき、はあはあ息だけついてごまかしながら、いつまでもいつまでもそのぶなの木を見上げて立っているのでした。

ときにはその大きくあいた口の横わきを、さもかゆいようなふりをして、指でこすりながらはあはあ息だけで笑いました。

なるほど遠くから見ると虔十は、口の横わきをかいているか、あるいはあくびでもしているかのように見えましたが、近くではもちろん笑っている息の音も聞こえましたし、くちびるがピクピク動いているのもわかりましたから、子どもらはやっぱりそれもばかにして笑いました。

おっかさんにいいつけられると、虔十は水を五百杯でもくみました。一日いっぱい畑の草もとりました。けれども虔十のおっかさんもおとうさんも、なかなかそんなことを、虔十にいいつけようとはしませんでした。

さて、虔十の家のうしろに、ちょうど大きな運動場ぐらいの野原が、まだ畑にならないで残っていました。

ある年、山がまだ雪でまっ白く、野原には新しい草も芽を出さないとき、虔十は、いきなり田打ちをしていた家の人たちの前に走ってきていいました。

「お母、おらさ杉苗七百本、買ってけろ（ぼくに杉苗七百本、買ってください）。」

虔十のおっかさんは、きらきらの三本鍬を動かすのをやめて、じっと虔十の顔を見ていいました。

「杉苗七百ど、どごさ植えらぃ（どこに植えるんだい？）。」

「家のうしろの野原さ。」

そのとき虔十の兄さんがいいました。

「虔十、あそごは杉植えでも、成長らなぃところだ（育たないところだ）。それより少し田でも打って助けろ（田をたがやして手つだえ）。」

虔十はきまり悪そうにもじもじして、下をむいてしまいました。

すると虔十のお父さんがむこうで汗をふきながら、からだをのばして「買ってやれ、買ってやれ。虔十ぁ今までなにひとつだて頼んだごとぁ無ぃがったもの（虔十は今まで、なにひとつも頼んだことがなかったもの）。買ってやれ。」といいましたので、虔十のお母さんも安心したように笑いました。

虔十はまるでよろこんで、すぐにまっすぐに家の方へ走りました。

そして納屋から唐鍬を持ち出して、ぽくりぽくりと芝を起こして、杉苗を植える穴を掘りはじめました。

虔十の兄さんがあとを追ってきて、それを見ていいました。

「虔十、杉ぁ植えるとき、掘らなぃばわがなぃんだじゃ（杉を植えるときに、掘らないといけないんだ）。明日まで待て。おれ、苗買ってきてやるがら。」

虔十はきまり悪そうに鍬を置きました。

次の日、空はよく晴れて、山の雪はまっ白に光り、ひばりは高く高くのぼって、チーチクチーチクやりました。

そして虔十は、まるでこらえきれないように、にこにこ笑って、兄さんに教えられたように、今度は北の方の境から、杉苗の穴を掘りはじめました。じつにまっすぐに、じつに間隔正しく、それを掘ったのでした。虔十の兄さんが、そこへ一本ずつ苗を植えていきました。

そのとき野原の北側に畑をもっている平二が、きせるをくわえて、ふところ手をして、寒そうに肩をすぼめて、やってきました。平

二は百姓も少しはしていましたが、じつはもっと別の、人にいやがられるようなことも、仕事にしていました。

平二は虔十にいいました。

「やい。虔十、ここさ杉植えるなんてやっぱりばかだな。第一おらの畑ぁ日かげにならな。」

虔十は顔を赤くして、何かいいたそうにしましたが、いえないでもじもじしました。

すると虔十の兄さんが、「平二さん、お早うがす。」といって、むこうに立ちあがりましたので、平二はぶつぶついいながら、またのっそりとむこうへ行ってしまいました。

その芝原へ杉を植えることをわらったものは、けっして平二だけではありませんでした。あんなところに杉など育つものでもない、底は硬い粘土なんだ、やっぱりばかはばかだとみんながいっておりました。

それはまったくそのとおりでした。杉は五年までは緑いろのしんがまっすぐに空の方へのびていきましたが、もうそれからはだんだん頭が円く変わって、七年目も八年目もやっぱり丈が九尺（約2.7メートル）ぐらいでした。

ある朝、虔十が林の前に立っていますと、ひとりの百姓が冗談にいいました。

「おおい、虔十。あの杉ぁ枝打ぢさなぃのか。」

「枝打ぢていうのは何だぃ。」

「枝打ぢつのは、下の方の枝、山刀で落とすのさ。」

「おらも枝打ぢするべがな。」

虔十は走っていって、山刀を持ってきました。

そして片っぱしから、ぱちぱち杉の下枝を、払いはじめました。ところがただ九尺（約2.7メートル）の杉ですから、虔十は少しからだをまげて、杉の木の下にくぐらなければなりませんでした。

夕方になったときは、どの木も上の方の枝をただ三、四本ぐらいずつ残して、あとはすっかり払い落とされていました。

濃い緑いろの枝は、いちめんに下草を埋め、その小さな林は、明るくがらんとなってしまいました。

虔十は、一ぺんにあんまりがらんとなったので、なんだか気持ちが悪くて、胸が痛いように思いました。

そこへちょうど虔十の兄さんが、畑から帰ってやってきましたが、林を見て思わず笑いました。そしてぼんやり立っている虔十に、きげんよくいいました。

「おう、枝集めべ、いい焚ぎものうんとできだ。林もりっぱになったな。」

そこで虔十もやっと安心して、兄さんといっしょに杉の木の下にくぐって、落とした枝をすっかり集めました。

下草はみじかくて、きれいで、まるで仙人たちが碁でも打つところのように見えました。

ところが次の日、虔十は納屋で虫くい大豆を拾っていましたら、林の方でそれはそれは大さわぎが聞こえました。

あっちでもこっちでも、号令をかける声、ラッパのまね、足ぶみの音、それからまるでそこら中の鳥も飛びあがるようなどっと起こるわらい声、虔十はびっくりして、そっちへ行ってみました。

するとおどろいたことは、学校帰りの子どもらが、五十人も集って一列になって、歩調をそろえて、その杉の木の間を行進しているのでした。

全く杉の列は、どこを通っても並木道のようでした。

それに青い服を着たような杉の木の方も、列を組んであるいているように見えるのですから、子どものよろこびかげんといったらとてもありません。みんな顔をまっ赤にして、もずのようにさけんで、杉の列の間を歩いているのでした。

その杉の列には、東京街道、ロシヤ街道、それから西洋街道というように、ずんずん名前がついて行きました。

虔十もよろこんで、杉のこっちにかくれながら、口を大きくあいて、はあはあ笑いました。

それからはもう毎日毎日子どもらが集まりました。

ただ子どもらの来ないのは、雨の日でした。

その日はまっ白なやわらかな空から、雨のさらさらと降る中で、虔十がただ一人からだ中ずぶぬれになって、林の外に立っていました。

「虔十さん。今日も林の立ち番だなす。」

蓑を着て通りかかる人が笑っていいました。その杉にはとび色の実がなり、りっぱな緑の枝さきからは、すきとおったつめたい雨のしずくが、ポタリポタリとたれました。

虔十は口を大きくあけて、はあはあ息をつき、からだからは雨の中に湯気を立てながら、いつまでもいつまでもそこに立っているのでした。

ところがある霧のふかい朝でした。

虔十は萱場で平二といきなり行き会いました。

平二はまわりをよく見まわしてから、まるで狼のようないやな顔をしてどなりました。

「虔十、貴さんどごの杉伐れ（おまえのとこの杉をきれ）。」

「何してな（なんでですか？）。」

「おらの畑ぁ日かげにならな。」

虔十はだまって下をむきました。平二の畑が日かげになるといったって、杉のかげがたかで（たかだか）、五寸（約15センチメートル）も入ってはいなかったのです。おまけに杉は、とにかく南から来る強い風を、防いでいるのでした。

「伐れ、伐れ。伐らなぃが。」

「伐らなぃ。」

虔十が顔をあげて、少し怖そうにいいました。そのくちびるは、いまにも泣きだしそうにひきつっていました。じつにこれが虔十の、一生の間のたった一つの、人に対する逆らいのことばだったのです。

ところが平二は、人のいい虔十などにばかにされたと思ったので、急に怒りだして、肩を張ったと思うと、いきなり虔十の頬をなぐりつけました。どしりどしりとなぐりつけました。

虔十は手を頬にあてながら、黙ってなぐられていましたが、とうとうまわりがみんなまっ青に見えて、よろよろしてしまいました。すると平二も少し気味が悪くなったと見えて、急いで腕を組んでのしりのしりと霧の中へ歩いて行ってしまいました。

さて虔十はその秋、チブスにかかって死にました。平二もちょうどその十日ばかり前に、やっぱりその病気で死んでいました。

ところがそんなことにはいっこうにかまわず、林にはやはり毎日毎日子どもらが集まりました。

お話はずんずんいそぎます。

次の年、その村に鉄道がとおり、虔十の家から三町ばかり東の方に停車場ができました。あちこちに、大きな瀬戸物の工場や製糸場ができました。そこらの畑や田は、ずんずんつぶれて家がたちました。いつかすっかり町になってしまったのです。

その中に虔十の林だけはどういうわけかそのまま残っておりました。その杉もやっと一丈（約3メートル）ぐらい、子どもらは毎日毎日集まりました。学校がすぐ近くに建っていましたから、子どもらは、その林と林の南の芝原とを、いよいよ自分らの運動場の続きと思ってしまいました。

虔十のお父さんも、もう髪がまっ白でした。まっ白なはずです。虔十が死んでから二十年近くなるではありませんか。

ある日、むかしのその村から出て、今アメリカのある大学の教授になっている若い博士が、十五年ぶりで故郷へ帰ってきました。

どこにむかしの畑や森のおもかげがあったでしょう。町の人たちも、たいていは新しく外から来た人たちでした。

それでもある日、博士は小学校から頼まれて、その講堂でみんなにむこうの国の話をしました。

お話がすんでから、博士は校長さんたちと運動場に出て、それからあの虔十の林の方へ行きました。

すると若い博士はおどろいて、何べんもめがねをなおしていましたが、とうとう半分ひとりごとのようにいいました。

「ああ、ここはすっかりもとのとおりだ。木まですっかりもとのとおりだ。木はかえって小さくなったようだ。みんなも遊んでいる。ああ、あの中に私や私のむかしの友だちがいないだろうか。」

博士はにわかに気がついたように笑い顔になって、校長さんにいいました。

「ここは今は学校の運動場ですか。」

「いいえ。ここはこのむこうの家の地面なのですが、家の人たちがいっこうかまわないで、子どもらの集まるままにしておくものですから、まるで学校の附属の運動場のようになってしまいましたが、じつはそうではありません。」

「それは不思議な方ですね、一体どういうわけでしょう。」

「ここが町になってから、みんなで売れ売れと申したそうですが、年よりの方が、ここは虔十のただ一つのかたみだから、いくら困っても、これをなくすることはどうしてもできないと答えるそうです。」

「ああそうそう、ありました、ありました。その虔十という人は、少し足りないと私らは思っていたのです。いつでもはあはあ笑っている人でした。毎日ちょうどこの辺に立って、私らの遊ぶのを見ていたのです。この杉もみんなその人が植えたのだそうです。ああまったくだれがかしこく、だれがかしこくないかはわかりません。ただどこまでも十力（仏さまがもつ人を救うための十の力）の作用は不思議です。ここはもう、いつまでも子どもたちの美しい公園地です。どうでしょう。ここに虔十公園林と名をつけて、いつまでもこのとおり保存するようにしては。」

「これはまったくお考えつきです。そうなれば子どもらも、どんなにしあわせかしれません。」

　さてみんなそのとおりになりました。

芝生のまん中、子どもらの林の前に「虔十公園林」と彫った青い橄欖岩の碑が建ちました。

　むかしのその学校の生徒、今はもうりっぱな検事になったり、将校になったり、海のむこうに小さいながら農園をもったりしている人たちから、たくさんの手紙やお金が学校に集まってきました。

　虔十のうちの人たちは、ほんとうによろこんで泣きました。

　まったくまったくこの公園林の杉の黒いりっぱな緑、さわやかなにおい、夏のすずしいかげ、月光色の芝生が、これから何千人の人たちに、ほんとうの幸いが何だかを教えるか、数えられませんでした。

　そして林は、虔十のいたときのとおり、雨が降っては、すきとおる冷たいしずくをみじかい草にポタリポタリと落とし、お日さまが輝いては、新しいきれいな空気をさわやかにはき出すのでした。

宮沢賢治／作
1896年、岩手県花巻に生まれる。盛岡中学校を経て、盛岡高等農林学校卒業。中学時代から短歌、童話を数多くつくる。1924年、詩集『春と修羅』を出版。同年、童話集『注文の多い料理店』を刊行。羅須地人協会をつくり、農村向上のために農業指導にはげむが、疲労がかさなり倒れる。1933年、37歳で死去。

岩崎美奈子／絵
埼玉県在住のイラストレーター。「空ノ鐘の響く惑星で」シリーズ（電撃文庫）、「光の精煉師ディオン」シリーズ（角川ビーンズ文庫）の挿絵を担当、また「よろず占い処 陰陽屋へようこそ」（ポプラ文庫）のコミカライズも担当している。

角川つばさ文庫
宮沢賢治童話集
風の又三郎
作　宮沢賢治
絵　岩崎美奈子

2016年1月15日　初版発行
2024年4月5日　11版発行

発行者　山下直久
発　行　株式会社KADOKAWA
〒102-8177　東京都千代田区富士見 2-13-3
電話　0570-002-301（ナビダイヤル）
印　刷　株式会社KADOKAWA
製　本　株式会社KADOKAWA
装　丁　ムシカゴグラフィクス

©Minako Iwasaki 2016　Printed in Japan
ISBN978-4-04-631547-2　C8293　N.D.C.913　188p　18cm

本書の無断複製（コピー、スキャン、デジタル化等）並びに無断複製物の譲渡および配信は、著作権法上での例外を除き禁じられています。また、本書を代行業者等の第三者に依頼して複製する行為は、たとえ個人や家庭内での利用であっても一切認められておりません。
定価はカバーに表示してあります。

●お問い合わせ
https://www.kadokawa.co.jp/（「お問い合わせ」へお進みください）
※内容によっては、お答えできない場合があります。
※サポートは日本国内のみとさせていただきます。
※Japanese text only

読者のみなさまからのお便りをお待ちしています。下のあて先まで送ってね。
いただいたお便りは、編集部から著者へおわたしいたします。

〒102-8177　東京都千代田区富士見 2-13-3　角川つばさ文庫編集部

くもの糸・杜子春
芥川龍之介作品集

作／芥川龍之介
絵／ひと和

大どろぼうの犍陀多は、くもの糸をたぐって地獄から極楽へのぼっていこうとするけれど!? 文豪・芥川龍之介の教科書でおなじみの作品を収録。小学生のうちに一度は読んでおきたい日本の名作がつばさ文庫に登場！

宮沢賢治童話集
銀河鉄道の夜

作／宮沢賢治
絵／ヤスダスズヒト

祭りの夜、ジョバンニは、星空をながめていると、幼なじみのカムパネルラと、銀河鉄道に乗っていた。宮沢賢治の最高傑作「銀河鉄道の夜」や「雨ニモマケズ」「グスコーブドリの伝記」「ふたごの星」「よだかの星」を収録。

走れメロス
太宰治 名作選

作／太宰 治
絵／藤田 香

命がけの友情をえがく表題作のほか、愛犬とのおかしくて泣ける物語「畜犬談」、美人姉妹の悲話「葉桜と魔笛」、ユダがキリストへの愛と憎しみを語る「駈込み訴え」「トカトントン」「桜桃」など、感動となみだの決定版11作。

宮沢賢治童話集
注文の多い料理店 セロひきのゴーシュ

作／宮沢賢治
絵／たちもとみちこ

「注文の多い料理店」「セロひきのゴーシュ」「雪渡り」「やまなし」「オツベルと象」「なめとこ山の熊」「どんぐりと山ねこ」など代表作10編。あまんきみこ解説、人気画家たちもとみちこの素敵な絵による宮沢賢治の傑作童話集！

坊っちゃん

作／夏目漱石　編／後路好章
カバー絵／長野拓造
挿絵／ちーこ

いたずらっ子で無鉄砲。そんな坊っちゃんがなんと中学校の先生に!? 働きはじめた松山の中学校は東京とは大ちがい。バッタ事件からはじまる坊っちゃんのドタバタ教師生活はいったいどうなってしまうの？

泣いた赤おに
浜田ひろすけ童話集

作／浜田ひろすけ
絵／patty

“日本のアンデルセン”と言われる浜田ひろすけさん。「泣いた赤おに」は、映画化され、たくさんの人に愛されている感動の物語！ 「よぶこ鳥」「りゅうの目のなみだ」「むく鳥のゆめ」など、名作10作を56点のかわいい絵でつたえます。

大きな森の小さな家

作/ローラ・インガルス・ワイルダー
訳/中村凪子　絵/椎名 優

大きな森の小さな家に住むインガルス一家。TVもゲームもないし森にはこわい動物がいっぱい…。でも自然の中で遊んだり、毎日おいしい食べ物を作る生活は楽しくってやめられない！ 世界が愛する、素敵な家族の物語。

南総里見八犬伝

作／滝沢馬琴
文／こぐれ 京
絵／永地
キャラクター原案／久世みずき

家の使用人・荘介が、自分と同じアザ＆不思議な玉をもつと知った武士・信乃。「ぼくたちはきっと、義兄弟なんだ!」信乃達は8人いるという兄弟を探す旅に出た！ サト8の原点がここに！

ぼくらの七日間戦争

作／宗田 理
絵／はしもとしん

東京下町の中学1年2組の男子生徒が廃工場に立てこもり、子ども対大人の戦いがはじまった！ 女子生徒たちとの奇想天外な大作戦に、本当の誘拐事件がからまり、大人たちは大混乱。息もつかせぬ大傑作コミカル・ミステリー！

ごんぎつね・てぶくろを買いに

作／新美南吉
絵／あやか

ごんぎつねは、いつもいたずらばかりの嫌われもの。兵十の釣りをジャマしたある日、村の様子がいつもとちがっていて…!? 「てぶくろを買いに」「おじいさんのランプ」など、読めばきっと感動する、一生大切にしたい物語！

バケモノの子

作／細田 守
カバー絵／山下高明
挿絵／ YUME

バケモノの世界に迷い込んだひとりぼっちの俺。そこで俺は、暴れん坊のバケモノ・熊徹と出会い、弟子となって、九太という名前をつけられた。そんな熊徹との出会いが、想像をこえた冒険のはじまりだった!!

© 2015 B.B.F.P

源氏物語
時の姫君　いつか、めぐりあうまで

作／紫式部
文／越水利江子
絵／Izumi

母上を失い、ばばさまと暮らすゆかりの姫、10歳。ゆかりの願いはばばさまの病気がよくなることと、光かがやくように美しいあの男君にもう一度会うこと……。いちばん最初に出会う「源氏物語」！

角川つばさ文庫発刊のことば

角川グループでは『セーラー服と機関銃』(81)、『時をかける少女』(83・06)、『ぼくらの七日間戦争』(88)、『リング』(98)、『ブレイブ・ストーリー』(06)、『バッテリー』(07)、『DIVE!!』(08)など、角川文庫と映像とのメディアミックスによって、「読書の楽しみ」を提供してきました。

角川文庫創刊60周年を期に、十代の読書体験を調べてみたところ、角川グループの発行するさまざまなジャンルの文庫が、小・中学校でたくさん読まれていることを知りました。

そこで、文庫を読む前のさらに若いみなさんに、スポーツやマンガやゲームと同じように「本を読むこと」を体験してもらいたいと「角川つばさ文庫」をつくりました。

読書は自転車と同じように、最初は少しの練習が必要です。しかし、読んでいく楽しさを知れば、どんな遠くの世界にも自分の速度で出かけることができます。それは、想像力という「つばさ」を手に入れたことにほかなりません。

「角川つばさ文庫」では、読者のみなさんといっしょに成長していける、新しい物語、新しいノンフィクション、角川グループのベストセラー、ライトノベル、ファンタジー、クラシックスなど、はば広いジャンルの物語に出会える「場」を、みなさんとつくっていきたいと考えています。

読んだ人の数だけ生まれる豊かな物語の世界。そこで体験する喜びや悲しみ、くやしさや恐ろしさは、本の世界の出来事ではありますが、みなさんの心を確実にゆさぶり、やがて知となり実となる「種」を残してくれるでしょう。

かつての角川文庫の読者がそうであったように、「角川つばさ文庫」の読者のみなさんが、その「種」から「21世紀のエンタテインメント」をつくっていってくれたなら、こんなにうれしいことはありません。

物語の世界を自分の「つばさ」で自由自在に飛び、自分で未来をきりひらいていってください。

ひらけば、どこへでも。——角川つばさ文庫の願いです。

角川つばさ文庫編集部